JN155149

おしゃべりな足指

Osyaberina-Ashiyubi

Osanai Michiko

小山内美智子

障がい母さんのラブレター

中央法規

おしゃべりな足指

障がい母さんのラブレター

自立して生きるあなたを応援したい

黒柳徹子

私が小学生の頃、泰明くんという同級生がいました。彼はポリオのため障がいがありましたが、私にアメリカにはテレビという物があることや本を読むことの面白さを教えてくれました。この出会いが私に、障がいのあるなしにかかわらず人間は同じなんだということを教えてくれました。

しかし日本では、障がい者に対して特別な目を向けます。例えば私たちがキスをしたり愛し合ったりするのは自然なことなのに、車いすの人たちがそういう行為をするといろいろ言われてしまう。それはおかしいなと思っていました。

そんな折、朝日新聞社から『足指でつづったスウェーデン日記』という本の推薦文の依頼がきました。内容を聞くと、脳性まひの小山内美智子さんが車いすで福祉先進国スウェーデンを旅行した日記だと言います。私は原稿を読み、すごいなと思いました。そこには、スウェーデンでは障がい者も自由に恋愛して、結婚し、子育てをするのが当たり前で、小山内さんも自立して、一人の人間として人生を謳歌したいと書かれていました。こんなに正直に障がい者が性や恋愛への思いを書いた本を読むのは初めてで、共感し、応援したくなりました。一九八一年のことです。それから小山内さんとの交流が続いています。

小山内さんのように障がいがありながら力強く前進し続け、自立している女性は珍しいと思います。札幌いちご会をつくり、地域で暮らすことを勝ち取りました。結婚して、大地君を産んで立派に育て上げました。当時、彼女は「私にとって産婦人科の階段はエベレストより高い」と言っていたことを覚えています。それほど、障がいのある女性が子どもを産むことが難しい時代でした。

私は彼女のことを、私の知らない人生を見せてくれる先生だと思っています。この本を読むことで、脳性まひという障がいをもって生きることがどういうことであり、国に何が足りないのかがわかります。

もう三五年の付き合いになりますね。あなたが辛い環境を味わってきたことも、人生の楽しみを経験してきたことも知っています。あのときはやけ酒をストローで飲んで大丈夫だったかしら。ハンサムが好きで、男性の前で自分の手で服を脱げる人がうらやましいと言っていましたね。あなたのそういう正直なところが面白くて大好きです。首を酷使して、硬直していると聞いて心配しています。でも、また愛してくれる人が現れるといいわね。

これからも、あなたの自立を応援しています。

はじめに

障がいを背負って生きることが私のビジネス

私は脳性まひという障がいを抱えながら生きている普通のおばさんです。車いすに乗って生活しています。「原稿」と「恥」はよくかきます。でも自分の手で「頭」はかけません。しかし、全国にいる大勢のみなさんの手で、今まで六三年間生きてきました。

私は北海道のまん中にある和寒町で生まれました。七か月でこの世に出てしまった未熟児として。だからせっかちなのかもしれません。

両親は農家をしており、家畜もたくさん飼っていました。早産の影響でしょうか。私は脳性まひという障がいをおいました。両親は私の障がいを受け入れ、毎晩ランプの下に私を寝かせ、手足のリハビリを行ってくれました。父は鍛冶屋に行き、歩行器や車いすをつくってくれました。母はおいしいお団子をたくさんつくって、友達が集まってくるように考えてくれました。障がいのない子と遊ぶことを常に考えてくれました。

私は八歳のとき、リハビリと教育を受けるために札幌の施設に入りました。畑は歩きにくいけれど、転んでも痛くない。都会のアスファルトはとても痛く感じました。

障がい者ばかりいる施設や養護学校はどこかおかしいと思い始めました。施設から親元に戻り、中学のとき、母がいなくなっても、このままの生活をしたいと強く思いました。しかし、その頃はヘルパー制度などは何もなく、大人になったら親の手を借りて生きるか、山奥の施設に入れられるのだと思っていました。

私が二三歳のときに、仲間をつのって、一九七七年一月一五日、一と五をとって「札幌いちご会」と名づけ、障がい者運動を始めました。どんなに障がいが重くても、ケアを受けて普通の人のように生きられるようにと。自分たちで寄付金を集め、職員を雇いました。そのとき、ボランティアの人と恋に落ち、結婚して一人息子を産みました。私にとって、このことが大きく人生を変えることになりました。

札幌いちご会では、たくさんの運動をしながら運営資金を集めるためにハードな仕事をこなさなければなりませんでした。講演会や寄付金集め、お礼状書きなど、やらなければならないことが山のようにありました。

結婚生活は五年でピリオドを打ちました。とても悲しい思いが残りましたが、離婚後、何回かプロポーズもされました。でも、再婚には至りませんでした。母と息子の生活を守るためには、再婚という選択は後悔すると思ったのです。

私がたくさんの原稿を書いてこられたのは、両親の存在と息子がいたからだと思います。そして、多くのボランティアさんがいたからこそ、いろいろな発想が生まれたのだと思います。母はいつも「あなたが家に閉じこもったらおしまいだよ」と言っていました。だからどんなに忙しくても、息子の参観日や運動会などには必ず行きました。これらのことが〝障がい者が地域に溶け合って生きる〟という意味だと思ったのです。

いま私は、札幌市内のマンションに一人で暮らしています。でも、一人という感覚はあまりありません。ヘルパーさんたちが朝、夕、夜中と来てくださっているからです。昼間は札幌いちご会の事務所で職場の介助者がつき、私が話すことを聞いてパソコンを打ってくださっています。息子は三〇歳で結婚し、私のマンションの近くに住んでいます。

私は仕事の無理がたたり、首を三回手術しました。肺炎やぜん息や悪性リンパ腫にかかり、医師からもう命は短いと言われ続けています。でも薬がよく効き、治ってしまうのです。息子には「もう年なんだから、仕事を辞めなさい」とよく言われます。そうかなと思いますが、障害者年金だけでは生活は守れません。そして一か月のケアの時間数を考えると足りないのです。

無理をしてでも事務所に来て、お腹がすいたらごはんを食べられる、トイレに行きたいときに行く、頭がかゆいときにはかいてもらえる、原稿もパソコンで打ってもらえる。そのためにも働き続けなければいけません。私は頭と心が動く限り、自分の想いを書いて、生きていこうと思っています。私がどういう経験をし、いま、どんな生活をし、運動を続けているのか、少しでも多くの人たちに知っていただきたいのです。障がい者であること。それが私のビジネスなのです。

この本では、私が障がい者としてヘルパーさんなどの介助を受けながら、どのように過ごしているかを、一日を通して具体的に知ってもらうとともに、私が生まれてからどんな半生を歩んできたか、そしていま、どんな運動をし、何を目指そうとしているのかを書きました。私という一人の障がい者を通して、少しでも障がい者の世界に触れていただければ光栄です。

二〇一七年一月

小山内美智子

おしゃべりな足指
障がい母さんのラブレター
もくじ

序章

第1章 毎日のケアとヘルパーさんとの付き合い方●31

第2章 これまでの人生、伝えたいこと●93

第3章

終章

序章

四一年目の社会運動

札幌いちご会が誕生して四〇年に

ＮＰＯ法人札幌いちご会は二〇一七年一月に結成四〇周年を迎えた。一月一五日に障がい者たちが数人集まったのが、札幌いちご会誕生のきっかけだ。一と五をとって、札幌いちご会の名前がきまった。こんなに長く続くとは、そのとき私の相棒である澤口京子ちゃん（親愛の気持ちを込めて、「さん」でなく、「ちゃん」と呼んでいる）も誰も、夢にも思わなかった。

札幌いちご会のホームページに、私はこんなあいさつ文を書いた。

「私たちは一九七七年から障がい者が自由に地域で生きるための運動を行ってきました。いくら役所に要望書を書いても限界があることを知り、全国のみなさまから書き損じはがきやご寄付をいただき、ボランティアやマスコミなどの応援を受け、障がいのある人たちが施設ではなく、介助体制さえあれば地域で暮らしても危険がない（安心して生きられる）のだということを社会に訴えました。例えば、どこにでも障がい者用トイレを設置することや、地下鉄駅にエレベーターを設置するよう要請したり、家族がケアをできなくなっても生きていけるように、ヘルパー制度を強く訴えてきました。理屈ではなく、障がい者が夢を持ち、自由に生活している姿を見て理解してもらうことが大切なのだということを学びました。

私はいろいろな国の障がい者と会い、自分たちの考えていることは間違いではなかったということを教えられました。これからは障がいのある若い人たちに札幌いちご会が行ってきたことを語り続けていきます。どんなに重い障がいのある人にでも『あなたの言っていることは正しいですよ』と伝え、勇気をあげることが、これからの札幌いちご会の仕事だと思います」

札幌いちご会は結成当初、私たちが楽しく生きられる施設をつくろうと訴えていた。しかし、どうもその考えは間違っていることに気づかされた。一九七〇年代頃から、アメリカや北欧の障がい者たちは大規模施設（コロニーと呼ぶ）に反対し、激しい運動が始まっていた。その人たちが書いたものを読み、私の考えの間違いを知った。

親が倒れても、札幌市の街中で今のまま暮らしたいという願いを強く持つようになり、地域で生きるための運動を始めた。しかし、周囲の人たちは「そんなことはできるはずがない。おとなしく親や養護学校の先生の言うことを聞き、施設に入りなさい」と言った。

その頃、札幌いちご会は「過激な障がい者団体（＝親を寄せ付けない団体）」のレッテルをはられていた。地域で生きていきたいと訴えることは、当時、過激な思想だったのだ。しかし、その中でも障がい者が地域の中で生きていくことを理解してくださる人たちがたくさんいて、大学の先生などが学生にボランティアを呼び掛けてくださった。言葉だけで訴えるのは限界があるので、まず寄付金を集め、自分で想像した生き方をやってみることから始めた。そして、札幌いちご会の歴史を本に残すことが一番大切だと思っていた。たくさんの制度を訴え、実現することができた。札幌いちご会の活動はやがて社会福祉法人アンビシャスを実現するまでになった。

ひらがなタイプライターが私を育ててくれた

私の住むマンションの物置に、古ぼけた灰色のタイプライターがある。布をかけて大切にしまっている。電動式で、軽く触れただけでキーが打てる、ひらがなのタイプライターだ。このタイプライターは、私と札幌いちご会のために随分貢献してくれた。

いちご通信の原稿、寄付のお願い、年賀状、そして本の原稿。黒柳徹子さんや糸井重里さん、谷川俊太郎さん、菅原文太さん、おすぎさんなど、有名な方々にもこれで手紙を書き、チャリティーコンサートや本の推薦文を書いてほしいと頼んだ。快諾してくれたのは、つたなく見えるひらがなの文字が彼らの心を動かしたからだろう。

もし、私が足で字をきれいに書けたなら、札幌いちご会を応援してくれる人はもっと少なかったかもしれない。できないことが力になったのだと思う。タイプライターを打ちながら、私はいつも祈っていた。「この一文字が何円になるかな」「この一行、何百円になる

私を鍛え、育ててくれたひらがなタイプライター。

かな」。

このタイプライターを父に買ってもらったのは、私が真駒内養護学校の中等部に通っていたときだ。小学生のとき、立派な電動ひらがなタイプライターを見て、足で打てたらなと、ずっとあこがれていた。思い切って父にお願いした。値段が高く不安だったが、父はメーカーを調べてプレゼントしてくれた。自宅では友だちに手紙を書き、学校では短歌や俳句、作文をつづった。

タイプライターに向かうと、自分の気持ちや意見をどうしたら相手に伝えられるか考えるようになった。スウェーデン旅行のときは、北海道新聞に八回連載させてもらった。最初は記者が私に取材して書く予定だったが、その記者が「自分の力で書いてみないかい」と誘い、実現した。彼は毎朝自宅に来て、タイプライターに向かう私の後ろで待ち、打ち終わったひらがなの原稿を漢字交じりに直してくれた。その連載のおかげで、今度は朝日新聞から本の出版の話が舞い込んだ。タイプライターが私を鍛え、育ててくれたのである。

障がいが重くなり、いまはタイプライターが打てない。でも、私はこの古ぼけたタイプライターに頭が上がらない。だから札幌いちご会のスタッフにこう言っている。「私が死んだら、しばらくでいいから事務所にタイプライターを飾ってちょうだい」。

私たちの仕事

二〇一四年、アンビシャスの総合施設長を一四年間勤めた後、私は、再び札幌いちご会に戻った。いまはＮＰＯ法人の理事長として地道な運動を行っている。札幌いちご会の事務所は札幌市西区の地下鉄駅に近い便利の良い場所にある。札幌いちご会は、書き損じはがきの寄付と切手などの販売収入、会員の会費、年間四回のいちご通信の購読料、ご寄付などで成り立っている。それをもとに全国から障がい者問題にかかわる人を招いての講演会や勉強会を開いたり、自立生活を目指す障がい者と家族の相談会、講師やアドバイザーの派遣などをしている。障がい者が障がい者をカウンセリングするピアカウンセリングは、

原稿は職場介助者の長谷川さんに入力してもらう。

全国自立生活センター協議会の講座を受けた京子ちゃんや私など障がい者が行っている。

事務所は三階建ての建物の一階にあり、私と職場介助者の長谷川由季さん、三人の職員がいる。そのほかにもボランティアさんが四、五人来て、職員だけでできないことを手伝ってくれている。二〇一六年からはヘルパーさんを派遣するヘルパー事業所も始めたので、パートさんが十数人いる。

事務所では、講演会の依頼や様々な企画を立てたりするため、週一回ミーティングを行っている。いろいろな人がやってくるので「こんにちは」といつも笑顔でいなければいけない。相談事に来る人、寄付金を持ってくる人、書き損じはがきを持ってくる人、切手を買いに来る人、様々な人がやって来る。その対応に追われて忙しい。

私は長谷川さんの手を借り、やらなければいけない仕事の順番を決めて行っている。考えが浮かばないときは、長谷川さんのアイデアも聞いて一緒にすることもある。今まで職場介助者は二年までと決めていた。あまり長くいると人間関係がうまくいかなくなったり、どちらが〝偉いのか〟がわからなくなったりするからだ。しかし、長谷川さんはもう五年になる。奇跡的である。たがいに人間同士、一緒に仕事を行っていくのは大変だが、これは障がいがあるなしに関係なく、どんな仕事にも付きまとうことだと思う。だんだん歳をとってきたので、若い人と張り合うことがなくなってきた。自分の娘のように思うときもある。それが良いのかもしれない。

事務所で、私は原稿を書いていることが多い。メールやブログ、雑誌社から頼まれた原稿や、本にしたい原稿を書いている。若いときからもっとキラキラした原稿が書けたならと感じるときがある。でも、六三歳になったいま、自分に素直な気持ちで書こうと思っている。どのようにして人生の坂道を降りていくのかを、正直に書けばよいと思っている。

札幌いちご会の事務をしている人は、何をやっているかわかりやすい言葉で説明してくれる。この内容で良いか返事を聞いてから行動してくれる。私もわかったふりをせず、わからないことは詳しい人に聞いて理解して答えようとしている。歳をとってくると何でもわかっているような錯覚に陥る。この傲慢さが裸の王様になってしまう原因だと思う。

ピアカウンセリング

障がい者が行うピアカウンセリングでは、障がいのこと、仕事のこと、生活のこと、家族のこと、恋愛や結婚のこと、ヘルパーさんや友だちとの関係など、いろいろなことを相談される。自分の気持ちを素直に語ってもらう。私は障がい者としての経験を語り、アドバイスも行う。施設で働いている職員やヘルパーさんなどの悩みも聞いている。子育て問題を聞くこともある。障がい者としてではなく、人間として、女として、同じ経験をしている人の相談に乗ることで、自分自身の心も豊かになり勉強になる。

人の相談に乗るには非常にエネルギーがいる。私は話を聞いていると、自分の考えが浮かんですぐにしゃべってしまう欠点があるので、相談の時間は徹底的に「聴く」ことを心掛けている。でも、まだまだ私の相談は未熟である。

最近感じることは、相談というものは直に会って話し合うことだけではないということである。地方にいる障がい者たちから、私の本を読み自信が持てたという手紙をいただいたり、ある障がい者が自分のヘルパーさんに私の本を読んでもらい、ケアというものを理解したと聞き、これらも相談のうちではないだろうかと思っている。

自宅に来てもらい、障がい者同士二人きりで相談に乗ることもある。「ヘルパーさんがずっとそばにいるのがつらい。でもヘルパーさんに去られるのも怖い」と涙を流して訴える人もいる。うつ病になりかけている人もいる。そんなとき、私はこんなふうに語りかける。

「私も同じだよ。生きていくのはつらいよ。いつヘルパーさんに辞められるか、本当に怖いよね。でも一時間でも一人になれる時間をつくり、映画を観たり、歌を唄えば良いんじゃない？　障がいのない人でも孤独に悩んでいる人はたくさんいる。でも私たちは孤独になれる時間がないね」。あなたも私も同じ考えを持ち、同じ経験をしているんだよと言うことで、お互いに安心するのである。

若いときは自分の考えを押し付ける傾向があったが、歳を重ねるにつれ、それは無駄なことだと最近気づき始めた。相手の気持ちになって、若いときのことを思い出し、私にもそういうことがあったなと思いながら聞くことが大切だと思う。カウンセリングはいくら勉強しても難しい仕事である。

私は仕事に行き詰まり、精神科に通ったことが何度もある。ときには医師が悩みを聞きすぎて、自ら落ち込んだこともある。親しい精神科の医師に「先生、疲れているね。ちょっと休んで草刈りでもやってきたらどう？　良い空気を吸って遠くをながめ、自分を振り返ってみるといいよ。心がスッキリするかもね」と言うと、その医師は急に泣き出してしまった。泣かせようと思って言ったわけではないが、私はその医師がとても好きだったので、心を軽くしようと思ったのだ。それだけ精神科の医師は心がくたびれている。自分の悩みを聞いてくれる人がいないのである。

講演会のコツは、泣かせて笑わせること

私は数えきれないほど講演会を行ってきた。一番忙しかったときは、息子を育てながら本の原稿を執筆しているときだった。札幌から青森に向かい、さらに山形、仙台、横浜を経由し、一週間後やっと札幌に戻ってきた。そんな生活が続いていた。母がまだ元気なときは、息子のことは母が見てくれていたので安心であった。

講演会ではまず、どんな人が来ているのか会場を見渡す。そして子育ての問題や障がい者運動の話、恋愛について、海外での話などをパターンを変えながら話す。三回泣かせて、三回笑わせたら成功だと思う。「男性を口説くのも私の仕事」と言うと、みんな笑い出す。笑いがあったらきっと脳が柔らかくなり、私のことも覚えてくださるだろう。

障がい者は邪魔なのか

二〇一六年七月、神奈川県相模原市の障害者施設「津久井やまゆり園」で、元職員が一九人の障がい者を殺害するというむごい事件が起きた。元職員は施設の園長に「重度障害者は生きていても仕方がないので、安楽死させた方が良い」と話し、衆議院議長公邸に出した手紙に「私の目標は重複障害者の方が家庭内での生活、及び社会的活動が極めて困難な場合、保護者の同意を得て安楽死できる世界です」と書いていた。

人々は笑っていた犯人ばかり責めているが、あの犯人の後ろには障がい者は邪魔だと思っているたくさんの人たちがいる。社会はあまりにも障がい者が暮らしにくいので、お腹の中で障がいがあることが分かったらすぐに中絶してしまう人が多くなっているという。私たちはそんなに邪魔な人間なのだろうか。

子どものときから障がいのある人と一緒に暮らしていないからそんな考えになってしまうと、私は四〇年間訴えてきたが、人の心は何も動かなかったのだろうか。山に囲まれた中で、男女分かれて二〇〇人もの障がい者が暮らしていることは異常な世界だと、人々は思わないのだろうか。刑務所でさえ大半の受刑者はいつかは出られる。でも、障がい者は一生施設から出られず、小さな世界で生き続ける人もいる。

その施設の入り口に「スタッフ募集」と書かれた張り紙があった。慢性的に職員が足りないのである。職員も忙しいから本当の優しさを忘れてしまう。心の手もカラカラになってしまう。そんな手でケアを受けなければいけない仲間たちは毎日つらい生活を送っていると思う。決して許すことのできない事件であるが、障がい者たちがもっと広い世界に出て、グループホームや一般のアパートで暮らし、ケアを派遣してもらって暮らしていけば、あのようにたくさんの人が殺されることはないだろう。

私のところに来るヘルパーさんたちは、いろいろな意見を持ってくる。福祉は予算が足りなく、職員もヘルパーもいない。良い人材を探す余裕もない。そして重度の障がい者たちが地域で暮らすのが難しく、固まっていまも施設で生活している現実がこの事件の背景にあることを、マスコミに登場するコメンテーターたちはわかっていない。

大きな施設に限ったことではない。老人ホームや知的障がい者の施設でも、虐待や殺人事件が続いている。家の中では親の介護に疲れた人たちが親を殺す。夫婦で殺し合う。小さな子どもが親に殺されている。これらのことがすべてつながっているように思う。生きていて良かったと、誰もが言える穏やかな社会にならないと、このような事件はなくならないのではないか。

手からこぼれる砂

私がスーパーに行ったとき、エレベーターで小学校低学年の女の子がドアをおさえていてくれたことがある。かわいい小さな手であった。その手を見て私は心があたたかくなった。こんなに優しい子もいるのだと思った。この手を日本中に増やさなくてはいけない。六三年間生きてきた私は、冷たい手とあたたかい手の繰り返しでケアを受けてきた。障がい者は社会の邪魔者だという人は数えきれないほどいるだろう。そう考えている人たちが一番の障がい者なのかもしれない。

私には手のひらに砂をのせた姿が浮かんできた。いくら手で砂をすくっても、指の間からさらさらとあたたかな砂がこぼれてしまう。こぼれていくのは愛や希望や夢である。

そうならず、あのかわいいドアをおさえてくれた女の子の手を増やすために、おごりたかぶることなく、また出発点に戻って歩いていかなければいけないのではないかと思う。

第1章

毎日のケアと
ヘルパーさんとの付き合い方

二〇一五年一〇月、息子が結婚した。「マリッジブルー」という言葉があるそうだ。結婚が迫り、新生活への不安などから憂うつな精神状態になることをいう。ふつう花嫁さんがなるものだ。ところが私がその心境になってしまった。結婚する彼女が見つかったと、息子から告げられたときはとてもうれしかった。でも、本格的に結婚式の準備を行っている間、私は毎日頭が痛く、さみしかった。息子が一緒に暮らしてきたマンションから出ていくのだと思うと。

母が持っていたダイヤの指輪を彼女にあげた。あげた瞬間、うれしい気持ちと、息子をとられてしまうような気持ちになった。同居していた母が亡くなり、そして息子も独立した生活に踏み出した。息子夫婦は私のマンションの近くに住み、二人でよく訪ねてくれる。それにヘルパーさんが毎日三人、入れ替わり立ち替わり来て介助をしていただいている。会話がはずむ。

平日の昼間は札幌いちご会の事務所で過ごす。私の住むマンションと事務所の送り迎えは職場介助者の長谷川由季さんが私の車を運転してくれている。車は特別仕様で、電動で外に出てくる助手席に車いすから乗り移る。この本も、私が話したことを長谷川さんがパソコンで原稿にしてくれた。有能な秘書である。若い頃、私はひらがなのタイプライターを愛用していた。両手がうまく使えない私は、足指でタイプライターのキーを打ち、手紙や原稿を書いた。絵を描き料理もした。でも、歳を重ね、症状が重くなり、足を使うことが難しくなった。いまは車いすでの生活だ。

一般の電動車いすは手元に移動を操作するレバーがついているが、私の車いすはそれを足元につけて足で操作できるようにしている。このコントロールボックスは米国のNASAが開発したといわれるものだ。移動もスムーズな優れものである。

一九七九年に福祉の先進国、スウェーデンを訪ね、日本とのあまりの格差にがく然としたことがある。最新の車いすを無料で手に入れた障がい者たちがすいすいと公園を走り回っていたことを思い出す。障がい者を大きな施設に収容する考え方は否定され、地域の中でケア付き住宅(当時、フォーカスアパートと言われた)での暮らしが根づいていた。

いま、日本でもようやく「自立生活」が定着しつつある。でもそれには十分なケアと住みやすい住生活環境が必要だと思う。せっかくヘルパーさんの介助を受けても、障がい者もヘルパーさんも、お互いにどんな関係を築いていったらいいのかと、悩むことも多い。

六三年間生きてきた私はさいわい経験豊富だ。歯磨きやお化粧はどんなふうにするのか。お風呂やトイレに困らないのか。生活を助けてくれる機材を使っているのか。どんな工夫をしているのか。そしてヘルパーさんとどんな関係にあるのか――。

まずは、私の日常生活を紹介しよう。

1

朝のケア

朝はストレッチ体操から

朝六時すぎ、札幌市のマンションの五階。「小山内さん、おはようございます」。隣の仮眠室にしている部屋から当直のヘルパーさんが起きだした。

寝室で寝ていた私を起こす。私は、足下にあるリモコンのボタンを足で押してカーテンを開ける。陽光が部屋一杯に差し込む。一日の始まりだ。

「わっ、もう朝か。あと三〇分寝ていたい……」。ヘルパーさんは「少し寝ていますか?」と言ってくださるが、少しでも寝てしまうと後のことができなくなる。化粧をする時間がなかったり、トイレに行く時間がなくなったり。そう考えるとパッと目が覚める。「今日は天気が良いね」。そう言いながら、一日のスケジュールを考えるのだ。

ヘルパーさんは私のベッドに上がって、私の腰の下に枕を置く。毎日のストレッチ体操の始まりだ。足を上げ下げし、股を開き、ひざを曲げて伸ばして。アキレス腱を伸ばす。

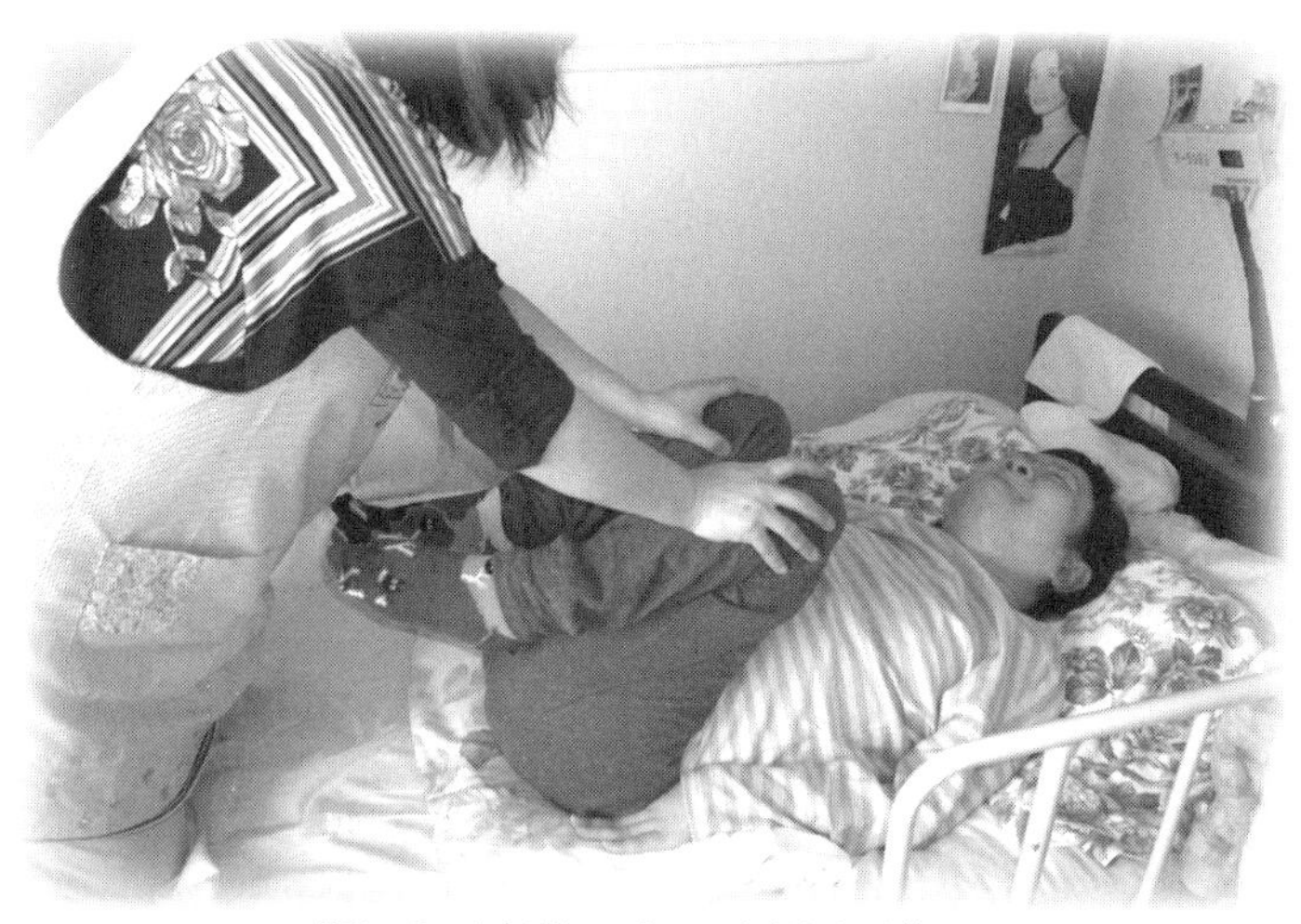

「痛いよー」。毎朝のストレッチがかかせない。

腰の枕を外して、両ひざを立てて足とおなかに力を入れ、腰を上げる。

それが終わると起き上がる。私の背骨は右に曲がってしまうので、左へ伸ばすように曲げてもらう。車いすへ移り、腕を大きく回したり、上げ下げしたりして肩の緊張をとる。これが何とも言えず気持ちが良い。頭を後ろから押してもらい、首を静かに前へ倒す。

このストレッチ体操を毎朝二〇回ずつ行う。一時間近くかかる。眠っていた身体がやっと目覚めてくる。これを毎日朝晩行っているからこそ、私は車いすに座っていられる。話もできる。少しの時間なら立っていられる。身体が若く保てる秘訣なのかもしれない。

この体操をサボってしまうと、私の障がいはどんどん重くなり、寝たきりになってしまう。三食のごはんよりも大切な時間である。

「今日は休もうかな」と思うときもあるが、休むと自分ではなくなってしまうと、心にムチをあてている。ヘルパーさんたちも体操が当たり前になっているので、スルスルと行っていただける。

自宅には一一人のヘルパーさんが来ているが、体操がとてもうまい人がいる。その人の日は一日中気分が良い。すべての障がい者たちがリハビリの専門家に来ていただき、身体に合ったストレッチ体操を行うと、内臓もよく動き、洋服も着せてもらいやすくなる。ヘルパーさんにもできる範囲で良いので、行ってみてほしい。

リハビリが終わるとトイレに行き、おなかがスッとする。そしてもう一度ベッドに寝かせてもらい、当直のヘルパーさんが帰る。

優れものの「環境制御装置」

次のヘルパーさんが来る七時半までは、少し眠ったり、ベッドの上の天井に備え付けてあるテレビで朝のニュースを観たりしている。

ピンポンとチャイムが鳴った。マンションの一階のオートロックの前で話すヘルパーさ

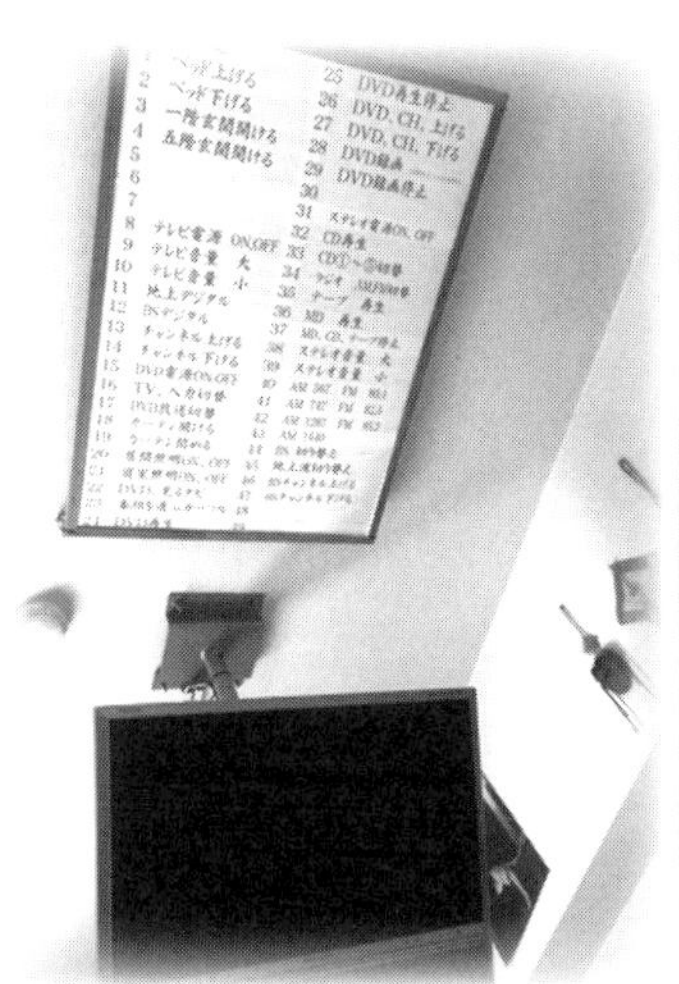

天井に張った番号表を見て、足元の「環境制御装置」を操作する。

んの声が電話から聞こえる。私はベッドの足元に置いてあるリモコンのスイッチを右の足指で押す。そのスイッチは「環境制御装置」といって、オートロックを解除してくれる。ヘルパーさんがエレベーターで上がり私の部屋のチャイムを鳴らすと、またスイッチを押して玄関のカギを開ける。ドアは閉めると自動で鍵がかかる仕組みだ。

好きな男性が遊びに来ると、帰ってしまわないようにドアの開け方を教えなかったことがある。若き日の甘いいたずらであった。

私の部屋にはスイッチがたくさんある。「環境制御装置」とよぶリモコンのことだ。番号を打つといろんな操作ができる。テレビをつけてチャンネルを選ぶのもこのリモコンだ。

例えば１はベッドを上げる、２はベッドを下げる、３は一階の玄関を開ける。８はテレビの電源のオンとオフ、10がテレビの音量を大きくする、18がカーテンを開ける、19がカーテンを閉める、22がＤＶＤの再生、32がＣＤの再生、41がＢＳチャンネルの音量を下げるといった具合だ。

番号がたくさんあって覚えるのが大変だから、天井に番号を大きく書いた紙を貼って、それを見ながら操作している。打った番号は、ベッド脇に設置してあるモニターに映し出される仕掛けである。便利になったものだ。

お化粧は入念に

朝のヘルパーさんにベッドから起こしてもらい、洗面台で顔を洗う。洗面台はマンションの建設前に高さや横幅を測って、車いすのまま使えるようにつくってもらった。大きな鏡が気に入っている。洗面が終わると化粧台に移り、化粧水やクリームをつける。最近は歳をとったせいか、首のシワが気になる。念入りに首にも化粧水をつけていただく。アイシャドーの色は服に合わせて、ブルーやオレンジと頼む。

不思議なもので、化粧に興味のないヘルパーさんも、頼んでいるとどんどん化粧がうまくなってくる。「ヘルパーさんありがとう。今日の顔は若いね。合コンにでも行こうかしら」と言うと「私よりきれいになったよ。私の方が若いのにね」と笑った。若い頃は、化粧水やクリームをつけ、眉毛を書き、アイシャドーだけつけていた。それで十分納得できていた。今はちょっと無理かしら。でも色々な人に会うのできれいにしておきたい。

母はよく「どんなに偉そうなことを言っても、身なりが醜ければ本当のことに聞こえないんだ。障がい者だからこそお化粧をし、きれいな洋服を着なければいけないのよ」と言っていた。化粧台の鏡を見るたびにほほえんだ母の顔が目に浮かぶ。いつも母がそばにいるような気がする。

そろそろ食事の時間だ。

2 食事

朝食は前日の残り物で済ます

車いすに乗って、隣の居間に移る。居間には前と後ろの壁に一つずつ時計がかかっている。食卓テーブルにも小さいのが一つ乗っかっている。時計は、トイレ、洗面台、寝室、仮眠室にもあり、全部で七個ある。ヘルパーさんはとても忙しい。決まった時間が来たら帰らなければいけない。だからいつも時計を見て、予定通りか、遅れていないかわかるようにしている。

朝食は冷蔵庫にしまった前日の残り物を電子レンジで温めたりして済ませている。悪性リンパ腫にかかったとき、知らない医師から手紙でアドバイスを受け、毎日ヨーグルトとヤクルトと抹茶を飲むようになった。ミルクティーも飲む。外ではあまり水分がとれないので、朝にたくさんとっている。飲み物でおなかがいっぱいになることもある。

食事で気をつけていること

歳をとってくると、若いときに使わなかった神経を使わなくてはいけない。脳性まひは一般の人より衰えが早いのか、ただ障がいが重くなってきているのか、自分でもよくわからない。気をつけていることは、トマトやゆで卵など口の中ですべるものは、スッとのどに入っていかないように、ヘルパーさんに箸やフォークで食べやすい大きさに切っていただいている。若い頃はもっと口の動きが機敏だったので、そんなことに気はつかわなかったのだが、のどにつまって大変なことになると、ヘルパーさんに迷惑をかける。

一番食べやすいものはラーメンやうどん、スパゲッティなど、つるつるしたものなのだが、あまり炭水化物をとると太ってしまうので、ごはんは大さじ三杯くらいにしている。あとはサラダや煮つけや焼き魚を食べる。納豆が一番食べやすい。納豆と生卵を一緒に食べると最高においしいのだが、コレステロールが多くなるので、最近は卵かけご飯を控えている。

食事はヘルパーさんがスプーンや箸で私の口に運んでくれる。飲み物はストローを使う。時間内に食べ終えることを心がけているが、たまに話しすぎて時間オーバーになって、ご飯を夕飯に残すこともある。

ヘルパーさんにも得意、不得意がある

朝食が終わると冷蔵庫の中をヘルパーさんと一緒にのぞき、今晩のメニューを考える。料理が苦手な人のときは、みそ汁とサラダ、お刺身や煮魚にする。料理の得意な人のときは、マーボー豆腐やエビチリ、グラタンのように、本格的な料理をつくってもらう。

味付けは全部任せる人もいるが、任せられない人には、小さじ一杯とか大さじ二杯とか、塩コショー少々、ワインをフライパンにひと回しといった具合に詳しく説明する。調理はその日のお弁当、夕食と翌日の朝食分だが、一人分で、私の食べる量も少ないので、それ

ほど多くない。それに、まとめてつくってしまった方が効率がいい。土日は午後から料理と決めており、コロッケや餃子、ハンバーグなどをたくさんつくって、一個一個ラップに包んで冷凍してもらう。そうすると忙しいときにみそ汁と野菜炒めだけで済む。

ヘルパーさんに料理を教えてもらい、つくってもらうこともある。それをよく聞いて自分のものにしていく。いろいろな人が来るということはたくさんの知識を得られて良いが、微妙に手の速い人やちょっと遅い人がおり、イラつくこともある。しかし、相手の長所、短所を受け入れ、ケアの内容に変化をつけるテクニックも必要である。

中にはまったく調理のできないヘルパーさんもいる。平日は教えている時間がないので、前の日のヘルパーさんにカレーライスやシチューなど、少し多めにつくってもらい、次の日も同じものが食べられるように、あらかじめ準備をしておく。食べ物は三日くらい先まで考えてつくらないと失敗することがある。

土日は講演会や映画会、勉強会があるので、料理がまったくできない日もある。そんなときはカレーライスが便利だ。カレーライスに飽きたときは、納豆ご飯が一番である。

歳をとってくると、食べ過ぎると脂肪がつき、ダイエットにせまられる。ヘルパーさんに身を預けるので、あまり太ってしまうと大変である。しかし、ダイエットをしすぎて、身体中の力が入らなくなったこともある。ヘルパーさんがこう忠告してくれた。「小山内

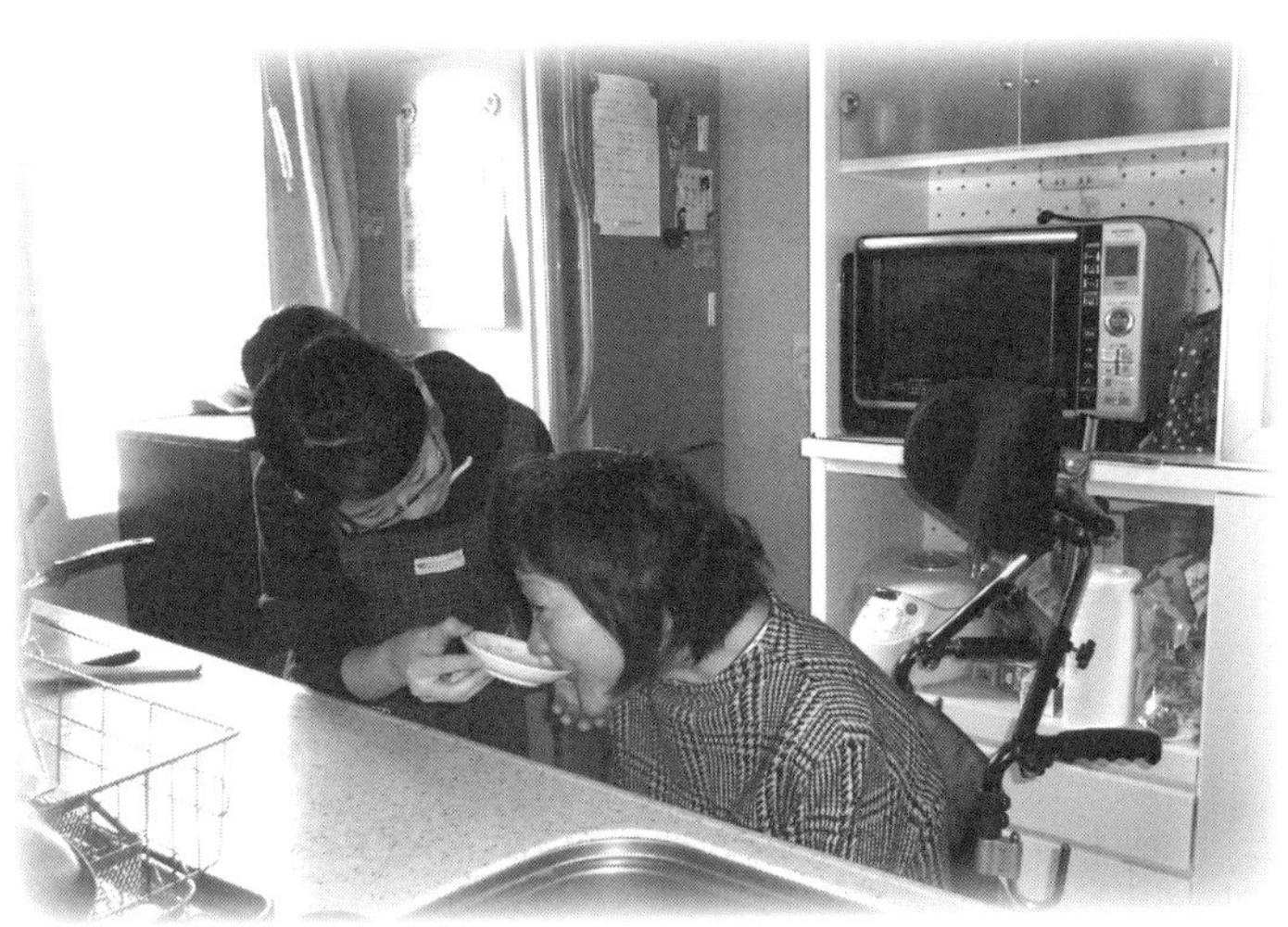

「なかなかいけるね」。味見を忘れない。

さん、もっと食べた方がいいいんじゃない？足に力が入らないよ」。

甘いものはなるべく食べないように気を付けている。しかし、おはぎをつくるのがうまいヘルパーさんがいて、たまに持ってきてくれる。本当はもらってはいけないのだが……。風邪をひき、身体が疲れて何もしたくないとき、甘いおはぎを食べると突然元気になり、熱が下がり、気分が良くなった。

私は二週間に一回くらい、ようかんやおはぎを少し食べている。足に力が入り、トイレでズボンを下げるとき、ヘルパーさんがケアをしやすくなる。ぜいたくな悩みだが、ダイエットとは苦しいものであり、やせることは難しい。

もちろん、おはぎを食べても足に力が入らない日もある。そういうとき、心が落ち込む。障がいが重くなるということは、こういうことの繰り返しなのだろう。

ヘルパーさんが調理している間が、私のトイレタイムだ(トイレの詳細は⑤で説明)。これに三〇分から一時間かかる。終わったときにトイレからヘルパーさんを呼ぶ。朝来るヘルパーさんは午前一〇時に帰るまで最高に忙しい。ケアを受けるたびに「時計のない世界に一日だけ行けたらいいのにな…」と考えてしまう。

家には、私が仕事から帰宅した午後六時から午後九時半に別のヘルパーさんが来て、その後は、翌朝まで担当するヘルパーさんに変わる。こうして一日が終わる。

一日三~四交代の人のケアを受けながら生きることは時間との闘いでもある。だから生活をリズミカルにしていかなければいけないと思っている。

食料品の買い物

外出時の介助はほとんど職場介助者がしてくれている。仕事が忙しいときは、日曜日にヘルパーさんと出かけている。時々手を抜き、ヘルパーさんに物を買ってきていただくが、ちょっと納得がいかないこともあり、なるべく一緒に行って買うことにしている。

中でも楽しみは食料品だ。食料品はバーゲンセールの日を狙って行く。行く前に壁に貼ってある食材の一覧表を見ながら、買う物をメモしてもらう。その方が余計な物を買わずに早く買い物ができる。

食材はなるべくヘルシーなものをと心がけている。いま凝っているものはお豆腐ととろろ昆布である。母が亡くなったとき、台所の引き出しからとろろ昆布が山のように出てきた。「一体何を考えてこんなに買ったんだろう」と思ったが、母の歳に近づき、同じようにとろろ昆布を買っている。これを食べていると血液がさらさらになるそうだ。

すっぱいものが嫌いなので、果物を買うのに苦労する。甘いかすっぱいか、口にしてみないとわからない。みかんがすっぱかったときは、タッパーに入れてはちみつを少し加える。私はりんごアレルギーなので、そのままでは食べられない。でも薄く切ってバターとシナモンとお砂糖で焼くととてもおいしい。アップルパイは大好きである。りんごはダイエットになると聞き、食べる努力をしているのである。

たまにだが、疲れたときにチョコレートを二口くらい食べるだろうか。以前は自分でババロアをつくってよく食べていたが、最近は控えている。歳をとると食べ物に気をつかわなければいけない。

3 薬と医師

薬は切っても切れない関係

私は薬のおかげで生きていると言っても過言ではない。子どものときは「脳性まひ者は三五歳までの命」と言われていた。だから母は私を大切に育ててくれたのかもしれない。

子どもの頃はきついリハビリをおこない、身体が硬直し、寝たきりになったこともある。精神的にストレスがたまると、身体がうまく動かなくなる。そして、首と肩の緊張が激しくなり、時々死んでしまいたくなる。しかし、二五歳頃からいろいろな病院に行き、身体の緊張をほぐす薬を服用するようになった。眠れないときは、深く眠るために睡眠薬を飲むこともある。

私の身体は薬がとてもよく効く体質なので、医師たちもやりがいを感じているようだ。薬があったからこそ、いま私はこうして生きている。

薬とストレス

たくさんの薬を飲むことに抵抗したこともある。他の臓器に悪影響があっては困ると心配して、薬の服用をやめたこともあった。しかし、薬を飲まずに仕事に行くことは大変つらい。眠れない日が続いて幻覚を見ることもあった。「やはり私は薬を飲んだ方が良いんだ。薬は神さまからのプレゼントだ」と思い直し、再び服用した。

仕事が忙しくなったり、人間関係がうまくいかなくなったりしたときは、薬があまり効かなくなってしまう気がする。そういうときはたくさん薬を飲み、医師と相談して、しばらく仕事を休むようにという診断書を書いてもらっている。

五五歳のとき、札幌いちご会が中心となってつくった社会福祉法人の総合施設長をしていた。職員や障がい者が増えると、いろいろと迷いが出て大変であった。経営も難しくなってきた。どうすればうまくいくのかずっと考えていた。

札幌いちご会から社会福祉法人におこなった多額の寄付金が、いつのまにか減ってしまっていた。その理由を職員に尋ねると、「お金をごまかしているとでもいうのですか?」と言われた。私にはそんな気持ちはなかった。ただ、どのように減っていったのかを知りたかっただけなのに。そういうデリケートな問題では、言葉一つを間違って使うと、すべて疑いの言葉になってしまう。

そんな頃、胃カメラで検査を受け、悪性リンパ腫とわかった。ストレスが大きな原因ではなかったかと思う。しかし、病院のベッドに寝たとき私はとても楽になった。しばらくは仕事のことを忘れられる。点滴をたくさん打っていたほうが良いと思った。

悪性リンパ腫は後期がんを示すステージ4で、とても重いと言われていた。検査した日には生存期間の短いデータばかりを見せられた。でも、私は優しい職場介助者にケアをしてもらい、ヘルパーさんもボランティアとして駆けつけてくれた。医師からは、五年しか生きられないと言われたが、五年もあれば何かができると思った。

医師との付き合い方

入院して一か月、抗がん剤、リツキサンの効果で、私の身体中からがんが消えた。しかし、再発しないように治療は七か月続けた。子どものときに自然食品ばかり食べていたので、それが私の基礎になっている。だから薬が効きやすいのかもしれない。私の身体は素直なのである。抗がん剤を打っても、髪の毛は白髪だけが抜けて黒髪は残っていた。

若いときから飲み続けている薬は少し強く、昼間は眠くなるため飲んでいない。リンパ腫で入院したとき、普段服用している薬をめぐってもめたことがある。医師は「今まで飲んでいた薬をすべてやめなさい」と言った。

死ぬ覚悟をしていたので、身体の緊張が強くなっていた。眠れない日が続き、身体は鉄の棒のようになった。ヘルパーさんがいくら揉んでくれても効果はなかった。ヘルパーさんたちは医師に「元の薬を飲ませてください」と懇願したがかなわなかった。思いあまって息子に電話をかけ、「母さん緊張で死んでしまうよ」と泣きながら訴えた。

息子はバッグに隠して小さな缶ビールを持ってきた。「これを飲んだら少しは楽になるんじゃないか?」。隠しながら飲ませてくれたが、「こんなもんじゃ効かないよ。もっと強いウイスキーを買って来てよ!」とまた泣いた。

こうして緊張をほぐす薬が許可された。それから七か月、息子は、夜遅く院長先生と話しあった。

である。障がい者の親が亡くなると、意思を代弁してくれる人がいない。私は息子の存在がどんなにありがたいものかを、初めて知ることができた。

一五年間付き合っている近所の主治医は、私の話をよく聞き、良い薬を見つけてくださる。どんな病気でも、私の部屋を病棟にしてくれる信頼関係のある先生がいて幸せだ。

ほかの障がい者たちは、障がいを理解する医師がなかなか見つからなくて困っている。三〇歳を過ぎても、子どもの頃から通っている小児科に行くという人もいる。乳がんや子宮がん検診をしたことがない人も多い。医師たちは障がい者のことを理解し、一般の人と同じように接してほしい。

これからも私はあまり薬を増やさず、仲良くお付き合いして長生きしたいと考えている。

4 入浴と歯磨き

お風呂に入るときは「イチ、ニイ、サン」

生活の中で入浴が最も好きである。五〇代半ばまでは一人で立ち上がり、少し歩けたので、お風呂のケアもヘルパーさんにとっては楽であった。でも今は一人で立ち上がれない。両わきの下に手をまわしてもらい、「イチ、ニイ、サン」と声をかけ合って、抱えてもらいながら立ち上がる。

洋服を脱ぐとき、前ボタンがあるものは楽だが、ないものは手をあげてひじを袖から抜く。それに時間がかかる。服がひっかかり、脱ぎにくいときには、ヘルパーさんに「もっと手をあげて、もっとひじを顔の方にくっつけて」と指示する。

ヘルパーさんがこのテクニックをつかむまでには相当の時間がかかる。「できません」

と最初からあきらめてしまう人もいる。「あきらめないで。こういうときのためにストレッチ体操をして肩を柔らかくしているのよ。どんなに手をあげても痛くないから大丈夫」と元気づけている。ひじが袖からスポンと抜けたとき、そのヘルパーさんは「やった！」と喜んでくれた。できないと言っていたヘルパーさんも、汗だくになって繰り返しているうちに簡単にできるようになる。こんなとき、私はヘルパーさんを育てる先生のような気分になる。

身体を洗うときはヘルパーさんの手に石けんをつけて、静かにこすってもらう。私の主治医は「あまり石けんは使わない方が良い。股だけでいいんだよ。シャンプーもちょっとね」と言う。この先生は医師というよりも、美容アドバイザーのようだ。

五〇歳の頃、更年期障害に悩んでいるときには、子宮のところに女性ホルモンが出るパッチを貼ってくださった。すると三日目に生理が来てしまった。子宮がんにでもなったのかと恐ろしくなったが、先生はうれしそうに手をたたいて言った。「良かったですね！肌がきれいになりますよ。大地さんの兄弟も産めるかもしれませんよ」。私に少しでも若くいてほしいと思っているらしい。ありがたいことである。

湯船の底には滑り止めのゴムシート

湯船に入るときはちょっと怖い。頭から入ってしまうと大変なことになる。まず、湯船の底に滑り止めのゴムシートを引く。シャワーチェアと湯船をくっつけて、立ち上がるときと同じ要領で湯船のふちに座る。ゆっくり、ゆっくりと何度も言いながら、右足、左足の順に湯船に入る。ヘルパーさんが後ろから抱え、お尻から座るようにお湯の中に入る。

この作業は急いではいけない。足を静かに伸ばし、お湯に肩までつかるととても気持ちが良く、一日の疲れが取れる。湯船には本当は二〇分くらいつかっていたいが、ヘルパーさんの帰る時間を考えると、ゆっくりしていられない。五分か六分入れば良いだろうか。

「さぁ、上がります」と言って、後ろから抱えるようにヘルパーさんが私の胸の前で手を組み、わきの下に力を入れる。私も足にできる限りの力を入れ、「ゆっくり、ゆっくり」と言いながら、お尻を湯船のふちまで上げる。そしてシャワーチェアに移る。

お風呂のふち、いすに移ったとき、まっすぐ座り直したとき、一回一回休憩を入れる。力とテクニックを兼ね備えたヘルパーさんは一気に私を抱え上げる。でも、ヘルパーになって最初の三、四か月は先のやり方を守ってもらっている。一か月で覚える人もいるし、一年かかる人もいる。

ケアを教えるとき、基本的には私が自分の介助の仕方を口で伝える。でも、私の言葉だけでは限界を感じるときがある。一番私の身体にフィットするヘルパーさんを選び、介助の仕方を教えながらケアをしてもらう。どうやって頭を洗うのか、どうやって危険のないよう身体を洗うのかが次第にわかってくる。もっとも、私は夏の間はシャワーを使っているので、ヘルパーさんの負担は少なくて済む。

お風呂で転ばないのは自己責任

ケアのうまいヘルパーさんは、新しいヘルパーさんが来ると、なんだか私をとられたような気分になるのか、寂しい表情を浮かべる。新しいヘルパーさんがやっているときも、つい手を出そうとする。「だめです。今日あなたは先生ですから」と言うと「そうでしたね。ごめんなさい」と謝る。申し訳ない気持ちだ。これを三回繰り返すと、たいていのヘルパーさんが独り立ちできる。たまに四回、五回やる人もいる。五年か一〇年に一回、どうしてもだめな人もいる。ケアを仕事にすることに向いていない人もいるのだと思う。

こうしてお風呂から出た後、滑って転ぶと怖いので全神経を足に集中する。昔、お風呂の床でシャンプーを詰め替えてもらったことがある。お風呂からあがろうとしたとき、ヘルパーさんの足が滑り、二人で床に転んでしまった。シャンプーの詰め替えは床でやってはいけないと学んだ。それからは洗面台でしている。

この行為は一般的に言うとヘルパーさんのヒヤリハット(重大な事故が起きてもおかしくない一歩手前の事例)になり、事業所から忠告を受けるだろう。でも私は違うと思う。私が言ったとおりにヘルパーさんが行動した結果、事故が起こった。全責任は私にあると思う。私たちはケアを受け、事故が起こったとき、誰の責任? といつも考えなければいけない。

洗面台のレバーがなかなか動かず、ヘルパーさんが力を入れて引っ張り壊れてしまったことがある。ヘルパーさんは何度も謝り、「修理代出します」と言ったので、私は「いえ、これは保険をかけているから大丈夫。お金はいりませんよ」と返した。

修理屋さんを呼び、なぜレバーが動かなかったのかを聞いた。「時々洗って汚れを取らないと、くっついてしまうんですよ。一週間に一回か二回は洗わなければいけませんよ」。これも私の責任だと思った。このことはヘルパーさんを派遣している事業所には言わなかった。修理代を自分で払い、こまめに洗ってもらうことにした。

障がい者が地域で生きていく上の「自己責任」といってもいい。この責任を放棄してしまうと、ケアとは何かわからなくなってしまう。私の責任、あなたの責任、どっちの責任かということを、ケアを受けている本人が考えなくてはいけない。手や足が動く人は生活の中でこうした失敗もしているだろう。それはすべて自分の責任だと思っている。失敗例を集めて障がい者がどう解決していったのか、そのプロセスを書くことで、とても良いケアの教科書ができると思う。

歯磨きは電動歯ブラシと歯間ブラシ

お風呂から上がり、ドライヤーをかけ、歯を磨く。歯磨きがうまい人は何をやってもうまい。それだけ難しい作業である。私は電動歯ブラシを使ってもらっている。電動歯ブラシはいま、日本で普通に使われているが、アメリカでは障がい者のために開発されたという。電動歯ブラシで五分ほど磨いた後は、歯間ブラシで仕上げにかかる。全部終わるのに一五分。これを朝と夜の二回おこなう。

歯茎と歯をほどよく磨いてもらうのは、言葉では表現できないほど難しい。介護福祉士を養成する学校に講師として行ったとき、歯磨きの実習で歯茎の皮がめくれて血だらけになったことがある。

脳性まひ者は緊張し、強く歯をかむために、歯がすり減っていく。私は歯を食いしばりすぎて、歯茎に負担がかかり腫れることがある。先日その歯を抜くことにした。家のベッドに寝て、訪問歯科の医師が歯を抜こうとした。とても頑固な歯だった。抜くのに相当な時間がかかり、医師の汗が私のあごに落ち、驚いて言った。「こんなに硬い根の歯、初め

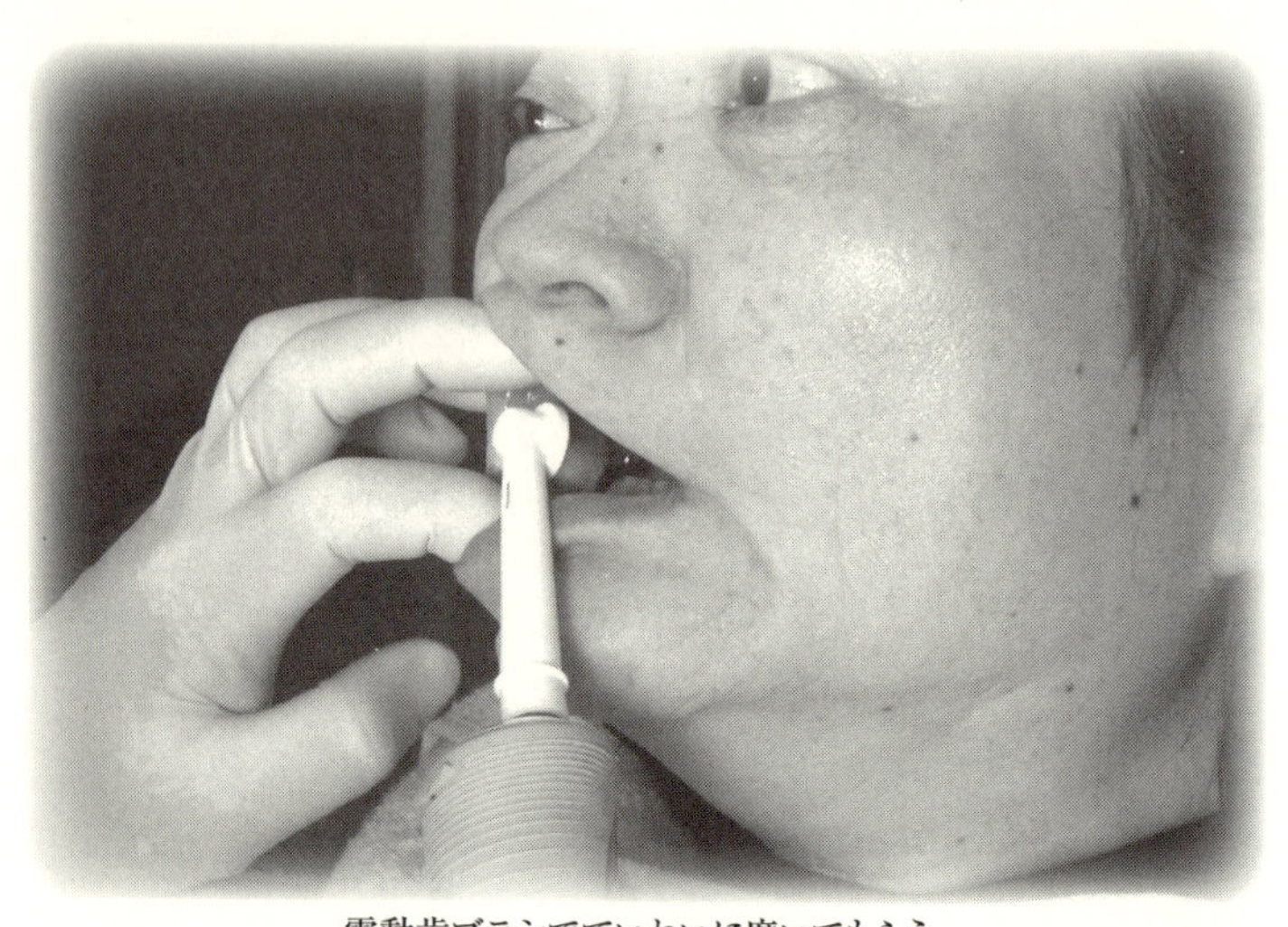

電動歯ブラシでていねいに磨いてもらう。

て経験したよ」。

その歯科医師はもう一〇年以上も私の歯のチェックをしている。「僕ね、小山内さんの歯の治療をして、すごく勉強になったんです。小山内さんの歯の治療ができたら、いろいろな方の治療ができるようになりましたよ」。その言葉がとてもうれしい。病気と障がいは別である。でも、多くの医師は障がいも病気にしてしまいがちだ。私の子どもの頃は、歯一本治療するときも全身麻酔をかけられた。しかし、今は簡単に治療してくれる。

ちょっとごう慢な言い方だが、患者が医師を育てているのかもしれない。私もその歯科医師の優しい言葉により、医師たちを信頼できるように一生懸命脳性まひのことを説明していかなければいけない。歯一本抜くのもドラマである。介護職員初任者研修では、入れ歯の洗い方しか勉強しないそうだが、ぜひ本物の歯の磨き方も学んでほしい。

5 トイレ

ウォシュレットは足指で操作

トイレはお風呂と同じように前から抱えてもらい、車いすから一緒に立ち上がり、便座に座る。おしりにウォシュレット(温水洗浄便座)が当たるように、何回も座り直してもらう。五五歳頃までは自分で座り直せたので気楽だった。しかし、今はとても難しい作業である。ヘルパーさんは一回でできる人もいるし、三、四回やってもらう人もいる。「もう少し右、ちょっと斜め、ちょっと奥」と真剣である。ちょうど良いところに座ると、ヘルパーさんにはトイレから出て行ってもらう。ウォシュレットの操作は、右足の足下にあるリモコンのボタンを足指で押して操作している。水量の調節など、手と同じようにうまいものである。

私はいつも座ってばかりいるので便秘になりがちだ。そこで朝食の後の排便時には、おしりにウォシュレットの水を当てて、刺激を与えてから出すようにしている。調子よく二〇~三〇分で出るときはうれしい。しかし、一時間たっても出ないときもある。頭の血管が切れないかと心配になるほどふんばっているときがある。毎朝トイレで出産しているようだ。これがもっと簡単だとどんなに人生が明るくなるだろうか。一〇分くらいでスルリと出ると、一日中軽やかである。

それに食べ物によっても違ってくる。野菜をたくさんとり、ごはんをほどよく食べると出やすいときもある。水分もたくさん取ると出やすくなる。しかし、土日はヘルパーさんがいない時間が夕方二時間くらいあるので、飲料水は三、四時間前から飲まないようにしている。私の生活は、いつも先々のことを考えて行動しなければならないのである。

障がい者のために開発されたウォシュレット

ウォシュレットは日々進化している。世界中で日本が一番使用しているのではないだろうか。私が小さい頃に入っていた施設に美しい作業療法士がいた。アメリカまで脳性まひを勉強しに行った先生は、私に脳性まひについて詳しく説明してくれた。

先生の話を聞くと、障がいがあっても生きていけるのだという勇気が出てきた。ウォシユレットのこともその先生から聞いた。「美智子ちゃん、アメリカには便座からお湯が出ておしりを洗えて、風が出てくるトイレがあるんだよ。すごいでしょう。日本にも早くあのようなトイレができるといいのにね」とおっしゃっていた。私は彼女の顔を見て「アメリカはすごいな。私も大人になったら英語を勉強し、アメリカに行きたいな」と思った。

それから二〇年近く経って、日本でもウォシュレットが出てきた。そのときの総理大臣であった田中角栄さんが、障がい者用の福祉機器にしてくれたという。田中角栄さんの知人に障がいを持つ人がいて、何が必要かを聞いたらしい。タイプライターや電動歯ブラシやお風呂のいすなど、必要なものを障がい者に支給する制度もつくったという。

6 家事とヘルパーさん

ヘルパーさんの行動が気にかかる

掃除は夜一〇時から来る当直のヘルパーさんが、床にクイックルワイパーをかけて、雑巾がけをしてくれる。年に何回かはワックスをかけてもらう。土日の時間のあるときは、汚れた棚や窓を拭いてもらっている。いろいろな人が出入りすると、たまに物が移動しているときがある。ヘルパーさんが自分で物を移すと、それを探すのにとても時間がかかる。

一番難しいのは、冷蔵庫の管理である。野菜室にはどんな野菜があって、冷凍庫には何があるか、すべて覚えておかなくてはいけない。ヘルパーさんが少し探して「小山内さん、ありませんよ」と言う。確かに記憶しているものは「奥の方から探していってください。真ん中くらいにあると思います」と説明する。自信のないときは自分も冷蔵庫の前へ行き、警察のローラー作戦のように探す。それでもなければあきらめて、彼女に謝る。

洗濯石けんやシャンプー、洗剤——。少し減ってくるとすぐに買ってくるよう気を付けている。あるヘルパーさんは、ヘルパー派遣の事業所から「ヒヤリハット」の体験事例を書くように言われたが、思いつかず、困ったあげく、「小山内さんの家のトイレにトイレットペーパーがなかった」と書いたそうだ。なぜ、それがわかったかと言うと、その事業所の総合施設長が私だったからだ。会議のとき、みんなの前でそのことを言われ、顔から火が出る思いをした。

これは極端な例だが、ヘルパー派遣を受けるということは、個人情報を丸裸にされる危険も同居しているのである。個人情報保護と言っても、障がい者が守り通すのは難しい。だから私は、なるべく隠し事はつくらないようにしている。正直に何でも話している。

施設長として障がい者を管理しながら、私自身もケアを受ける立場であり、プライベートなことを何でも書かれ、管理される立場でもあったのは複雑な思いであった。

同性介助と異性介助、どっち？

自宅に来るヘルパーさんは女性ばかりだが、同性がよいか異性でもよいかと考えることがある。それが障がい者の間でよく話題になるからだ。

三〇年以上前のことだが、私がスウェーデンで出会った障がい者の女性は「信頼関係があれば同性でも異性でもOKなのよ」とサラッと答えた。日本で男性がケアを受ける場合、女性がケアをすることが多いが、女性の障がい者に男性がケアすることは珍しい。やはり同じ人間なんだから、男性でも女性でもいいじゃないかというのが私の意見だ。

でも、思春期の頃は違った。母が入院したとき、父が私のトイレやお風呂のケアをしてくれたが、とても嫌だったことを覚えている。病院に入院したときに、男性の看護師さんに身体を拭かれたときもそうだった。何も言わずに全裸にされ、タオルをかけてお風呂に連れて行かれ、身体を洗われる。「なんか緊張するな」と手足が突っ張った。

日本では、施設の中で男性介助者が女性障がい者にセクハラをしたという話をよく聞く。私の友だちも職員に暴行され、「絶対施設にはいたくない」と家に帰った。性的欲求は人

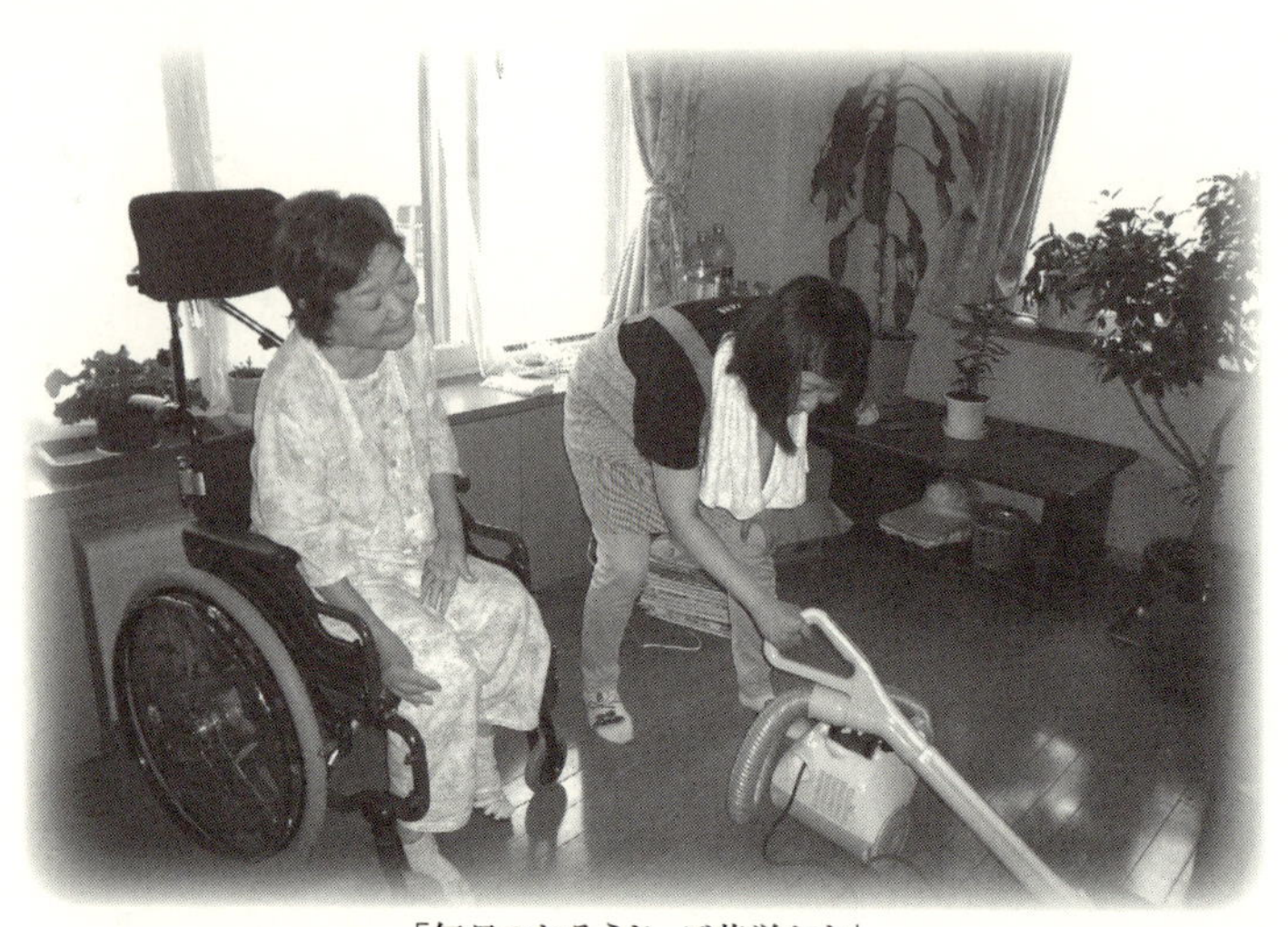

「毎日のおそうじ、ご苦労さま」。

間として当たり前のものだが、ケアのときにその欲求を果たしたいという気持ちがわからない。子どものときから性教育をしっかり受けることがケアの始まりだと、スウェーデンの友だちから聞いたことがある。

障がい者とボランティアが恋をして旅行をすると、恋人は自然にトイレやお風呂を手伝ってくれる。一回やってもらったら、もうこっちのものである。恋人と介助者を両方できるからだ。恋人ではなく友人関係でも、アシスタントやケアのできる関係に近づけたいと思う。

私の部屋はいつも整理整頓されている。ちょっとでも散らかっていると気になってしょうがない。このマンションで暮らし、友だちを食事に誘い、病気になったら自宅で医師に診てもらい、ヘルパーさんと一緒に生きていくのだろう。私は病院でなく、自分のベッドの上で死んでいくのが夢である。これは誰でも同じ夢だろう。だからこそ、その夢を果たすためにも、必要なケアの時間数にはこだわっていきたいと思っている。

7 お金の管理

お金のありかは教えない

お金の管理は障がい者の自立生活にとって一番の課題である。私の場合、実印の置き場所は息子だけに教えている。いくら信頼関係があっても、他の人には教えていない。そして、貯金通帳やカードは職場介助者にしか教えない。銀行からおろして家に置いてあるお金の場所も、職場介助者と一人のヘルパーさんにしか教えていない。財布に入れたお金はなるべく残高を覚えておく。しかし、これには限界を感じるときがある。

財布を出すときや、お金を数えるときはなるべく私の目の前でしてもらっている。でも時折、「あれ、一万円足りない……」ということがある。他に現金を使ったことがないかと、ずっと考え込む。そして、「あぁ、クリーニング屋さんが来た」「掃除屋さんが来てそこで二万円使った」と思い出すのである。

私の見ていないところでバッグを開けるヘルパーさんがいた。朝ごみを捨てるときに一度家を出るので、バックから家の鍵を取るだけなのだが、それが嫌だった。そこで前の晩に鍵をテーブルの上に置いておくことにすると、心配がなくなった。疑えばきりがない。

三〇代の頃はヘルパー制度がまだ整っていなかったため、ケアはボランティアさんが主流だった。友だちがお金やＣＤ、タバコがなくなると泣きついてきた。よく聞いてみると、ボランティアさんが友だちを連れてきては、一緒にお酒を飲むと何かがなくなっていくことがわかった。私はボランティアさんに「もう友だちを連れて来ないでください」と言ってから、そういうことがなくなった。

トラブルを防ぐには

ヘルパーさんの中に、お金を盗んでいく人がいるという話を耳にすることがある。カメラで証拠を撮って裁判になったという話もある。ある日、東京から言語障がいの強い女性とそのヘルパーさんがやって来た。彼女のおばあちゃんが残してくれたお金七〇〇万円を、ヘルパーさんに盗られたという。

「ちょっとお金貸してください」と言われ、銀行から引き出したそうだ。警察に訴えたが、言語障がいが強くて、はっきり言葉が伝わらなかったという。弁護士を雇ったが、結局言葉がわからずお手上げだった。このときは、言葉を理解するヘルパーさんが通訳したが、通訳ではだめだと言われたという。

この問題は自己管理の大切さを示している。成年後見人制度ができたが、これも人間のやることなので本当に信頼できるかどうかわからない。ロボットがお金を管理し、その人の指紋でお金が出るという機械があるとよいのにと考えることもある。

最近私の知り合いの脳性まひの男性が、お金を盗られたといって警察を呼んだ。だが、「お世話してくれた人を訴えるのですか?」と言われたという。それを聞き驚いた。この言葉が日本の福祉の現状を表しているような気がした。世話になっている人だが、お金は私たちが払っているのだ。障がい者の話に耳を傾けられない警察には失望してしまった。

私も歳を追うごとに言語障がいが重くなってきている。首の緊張が強くなったことで、耳が遠くなってきている。テレビドラマでバックミュージックがかかると、音楽で話している言葉が聞こえにくい。いつ補聴器を買おうか悩んでいる。でも、ベッドに横になり、緊張をとる薬と睡眠薬が効いてくると、首が楽になり、テレビの音がちゃんと聞こえるようになる。何かあったら警察にきちんと説明できるように、体を維持していたい。そして、優しくない人は近づいてきてほしくない。

8 外出と旅行

身だしなみが大切

土曜日はお肌の手入れの日である。顔を洗い終わると、乳液をつけ、顔を剃ってもらう。肌に傷をつけないカミソリがある。若き日、母がこれを見つけると「このカミソリなら誰でも美智子の顔、剃れるね。これで安心して死んでいけるよ」と言った言葉を覚えている。このカミソリ一つで母は娘をどうきれいに生かしていくかを考えていたのだろう。

眉毛を整えてもらい、鼻毛カッターで鼻毛を切ってもらう。そしていつもより化粧水やクリームをたっぷりつける。化粧しない日も大切だと思う。六三歳、肌の衰えを感じる。でも一般の人に負けない良い肌をしていると自分で満足している。私の肌はとても白い。この肌は父のＤＮＡである。

旅行はヘルパーさんと

私は二二歳から札幌いちご会の運動をしていたので、目的のない遊びの旅行はしたことがなかった。講演会に呼ばれていくのが旅行である。時間があるときにちょこっと観光ができればラッキーだった。障がいの軽い頃は職場介助者と二人で行っていたが、最近は障がいが重くなったので、ヘルパーさんにも同行してもらっている。ヘルパーさんは夜から朝までのケアをする。職場介助者は別の部屋に寝て、昼間の介助や運転をする。なかなか計画通りにはいかないが、ホテルなど環境が変わるとケアがしにくいのでとても疲れる。

二、三年前からは、遊び目的の旅行にもでかけるようになった。北海道内の富良野や美瑛などに行って楽しんでいる。全国各地をめぐり、海外にも足をのばしたが、それでも車いすに座れる限り、どこかに行ってキラキラ輝いた原稿を書きたいと思っている。

長期(海外)旅行のケア

ところで、私のような重度障がい者が長期(海外)旅行するとき、ケアはどんなことが必要なのだろうか。

息子の大地とスウェーデンを再訪したとき、介助者として松本みちこさん、ボランティアとして石井美雪さんが同行してくれた。石井さんはカメラマンとして札幌いちご会のボランティアに来ていた。スウェーデンではおいしい料理をたくさんつくってくれた。松本さんは英語がうまく、通訳のときはたくみに言葉を操った。

しかし一か月間も一緒にいると互いに疲れてくる。松本さんは途中から機嫌が悪くなった。私は松本さんのことを「まっちゃん」と呼んでいた。私は息子に二人でお茶を飲みに行こうと誘い、「まっちゃんは少し休んでね」と言った。息子は私たちの仲がうまくいっていないことを察していた。「どうしてまっちゃんもジュース飲みに行かないの？　仲良くしなきゃだめだよ」と私をさとす息子に、私は「まっちゃんはずっとお母ちゃんのケアをして疲れているんだよ。だから一人の時間も大切なんだよ」と弁解した。旅行中のケアは難しい。介助者は、障がい者が行きたいところにはすべて従わなければいけないからだ。一か月ともなると誰でも疲れる。長期旅行のケアはすべての障がい者が悩むことである。いっそロボットがいたらいいのに。

一九七〇年代、筋ジストロフィーの女性が介助者と二人で、自立生活の方法を学びにアメリカに行った。二人は夢と希望を抱えていたのだが、毎日深夜の寝返りのケアやトイレ介助、ごはんの支度など、介助者は重労働であった。障がい者も気が重くなり、二人は疲れ果てた。一年後日本に帰って来たとき、介助者が「もうあなたの顔は見たくない」と言ったそうだ。どちらが悪いということではない。一年間よくもったものである。障がい者と旅行するときは介助者を交代させることが大切である。少しでも自由時間をつくり、そして一緒に楽しむことだ。

二〇一五年、札幌市は重度障がい者に限り、ヘルパーの旅行ケアを認めた。どのようにケアを受けるか、スケジュールを考えて互いに良いかどうか確かめてから旅行に行くべきだ。そうでなければ楽しい時間が消えてしまう。

9 夜のケア

ウイスキーの水割りで疲れを癒す

平日は午後五時すぎに自宅に帰って来る。疲れて何もしゃべりたくなくなるときがある。でも黙っていてはヘルパーさんの手が動かない。たまに黙っていても動いてくれるヘルパーさんもいるが、自分の言ったことに責任を持たなければいけないので、そうしないように気をつけている。それでも、黙って動いてくれるヘルパーさんが楽に思えるときがある。

それは私のわがままかもしれない。

夕食は、その日の朝にまとめてつくってもらった食事を冷蔵庫から取り出し、お皿に乗せてもらう。私の食事は、ヘルパーさんの時間の制限もあり、朝私がトイレにこもっている間にその日の夜と翌日の朝の料理をつくるという変則的なものだ。

食器洗いが大変なので、なるべく大きなお皿にすべてのおかずが乗るようにしているが、サラダやスープなど、お皿を別にしなければいけないときがある。ヨーロッパに行くと、大きなお皿とコップ一つで食事をすませている。あんなふうにしたいなあと憧れているが、日本は和・洋・中のおかずがあるので、うまく盛り付けができないときがある。そのときはヘルパーさんの負担が増える。

私はウイスキーが大好きだ。疲れてお酒は飲みたくない日もある。でも少し飲むと食欲がわいてくる。コップに二、三センチぐらい注ぎ、お水で割って夕食のときに飲んでいる。水割り一杯ぐらいが、体の緊張がほぐれてとてもいい。三〇〇〇円くらいの高級ウイスキーがおいしいが手が出ない。いつもは大きなペットボトルのウイスキーである。

母が元気だった頃は、講演会や本を出版したとき、誕生日などに、「美智子、おめでとう。今日はウイスキー買って来たよ」と言って、私の前に高級ウイスキーのボトルを差し出した。スーパーでウイスキー売り場に陳列された高級ウイスキーを見ると、つい母の笑顔が浮かんでくる。

ヘルパーさんに母の思い出話を

私は夜になると、よく母の思い出をヘルパーさんに話す。ちょっと恥ずかしいことかなと反省するが、母のことを思い出してあげるのが親孝行なのかもしれないと思っている。

夕食はテレビニュースを観ながらだが、やはり時計が気になる。時間が区切られているヘルパーさんのことが気になるのだ。もっとニュースを長く観たいが、お風呂があるので気持ちを切り替え、急いでごはんを食べ終え、テレビを消す。プロ野球のあるときは、お風呂に入らないで野球観戦を続けることもある。野球の大好きなヘルパーさんがおり、詳しく解説してくれるのが楽しみだ。

ごはんが終わると洗面台で化粧をよく落とす。化粧をするより、落とすことを大切に考えている。クレンジングは少し高いものを使っている。

時々は髪を染めて

鏡の前で白髪チェックもする。私は若いときから髪を栗色に染めていた。五〇歳を過ぎたころから白髪が生えてきて、ヘルパーさんによく抜いてもらった。それも限界となり、いまは白髪染めをしている。ヘルパーさんたちには「白髪が目立ってきたらもう染めた方がよいと、本当のことを言ってね」と頼んでいる。顔を洗うときにヘアバンドで前髪を上げると、白髪が目立つ。それをチェックして髪を染めている。

髪染めはドラッグストアで買っている。シャンプーのように使える、泡が出るものを買って入浴時にお風呂でしている。髪染めがうまいヘルパーさんを選んで、その日にお願いしている。

私の母は七五歳になったときに、胆管がんが見つかり、一年間入院していた。髪が伸びて白髪が目立ってくると、母は「誰か髪を染めてくれないかね」と言っていた。私は自分の手が使えたら、すぐにやってあげたかった。このときほど手が使えないことを呪ったことはない。看護師さんに「髪を染めても大丈夫ですか?」と聞くと「大丈夫です。家族ならやってもいいですよ」と同意をもらった。その頃、まだ髪染めはチューブからクリームが出てくる仕組みで、自分で染めるのは難しかった。でも、ずっと後悔している。

私が悪性リンパ腫で入院したときは、一週間に一回しかお風呂に入れなかった。ヘルパーさんや友だちの介助はだめだと病院から言われていた。息子ならいいというので、息子と個室のお風呂に入った。息子が小学生のときはよく一緒にお風呂に入ったが、ヘルパーさんを派遣する仕組みが整ってからは、しばらくお風呂介助はしてもらっていなかった。

たくましくなった筋肉質で毛だらけの身体を見て驚いたものである。ちょっと恥ずかしかった記憶がある。

夜中に姿勢を替えてもらう

次の日の洋服は寝る前に用意しておく。テレビの天気予報を観て、ズボンやブラウスや上着など、色が合っているかチェックしながら出す。私は普段着を持っていない。若いときから講演が多かったので、よそ行きばかりである。札幌いちご会にいても、いつ誰が訪ねて来るかわからないので、洋服には気をつけている。お店に洋服を見に行くのは大好きである。そのときは夢の世界である。欲しいものを三着選び、その中から一着を選ぶ。つらい選択である。

ベッドに寝ると、朝と同じストレッチ体操を行う。足元にある「環境制御装置」のリモコンのスイッチでテレビをつけ、チャンネルを替えてリラックスした時間を過ごす。ベッドは普通の介護用ベッドで、足のスイッチで背中を起こせるようにしている。右の柵には、夜中に何かしてほしいことがあったときにヘルパーさんを呼ぶベルのスイッチをつけてある。だが、寝ぼけているときはなかなか押せない。

夜中は午前〇時、一時、二時の三回、右向き、左向き、仰向けと寝返りをしてもらう。

六、七年前に障がいが重くなり、ひじやおしり、かかとに傷がつくようになった。なぜなのか自分でもわからなかった。看護師さんに「褥瘡ですよ」と言われ、寝返りをしてもらうよう言われた。少しショックだった。寝返りは足で簡単にできたのに、それができなくなったのは歳のせいなのか、それとも障がいが重くなってきたのかと悩んだ。でもヘルパーさんの的確な寝返りで、私は再び動けるようになった。障がい者たちは、障がいが重くなったことを受け入れなければいけないが、本人もヘルパーさんも大変な作業である。

筋ジストロフィーやALS（筋萎縮性側索硬化症）などの障がいがある人は、私よりももっと苦しんでいることだろう。しかしヘルパーさんのおかげで、私たちは施設ではなく、自分の意思で生きられるようになった。ヘルパーさんがいかに大切で、医者と同等な仕事なのだということを、もっともっと社会の人たちに知ってもらいたい。

「地域の作業療法士」もいた

仕事の疲れで、呼び鈴がなかなか押せず、テレビをつけて音量を最大にしたことがある。それでもヘルパーさんが起きてこなかったので、私の部屋と隣のヘルパーさんの仮眠室との間の壁を大きくくり抜くことにした。

家の中で困ったことがあると、電気屋のおじさんが来てくれて、いろいろな工夫をしてくれる。その壁の工事もおじさんに頼んだ。ベッドの上の天井に、「環境制御装置」のリモコンで操作する一～五〇チャンネルの内容を書いたボードをつけ、リモコンを足で操作できる台をつくった。その電気屋さんは「地域の作業療法士」である。

夜中に汗をかくと、何も言わずに寝間着を取りかえてくれるヘルパーさんがいるのは本当にうれしい。ヘルパーさんによって安心して眠れる夜もあり、ちょっと不安な夜もある。それがケアを受ける生活だと思っている。すべて完璧なヘルパーさんがいるわけではない。ヘルパーさんの手を私の手に近づけることが、障がい者の仕事であり、私の手ではないことを理解しなくてはいけない。

私は手が腫れるので、三〇分ほどテレビを観ながら手を揉んでもらう。手の腫れが引き、ヘルパーさんとの会話に疲れたとき「おやすみなさい」と言う。そのとき、「あぁ、やっと一人の空間ができた」と思う。たまに激しいドラマや考えさせられるドキュメンタリーを観て、その中から原稿のヒントを見つけている。眠くなると足元のスイッチでテレビと電気を消し、静かに眠る。ヘルパーさんに感謝をしながら眠れる自分がうれしい。

10 コミュニケーション

重くなる言語障がいに不安

私は「健常者」ではないので、老化現象というのがいまひとつよくわからない。どこまでが老化現象なのか、どこまでが脳性まひの症状なのか、いま迷っている。何でも歳だからと言って、自分をごまかしたくない。

肩が痛くなって動けなくなったことがある。新聞記者をしている同じ歳の人から「僕、五十肩になって、肩が痛くて洋服も着にくくなったんだよ。人に肩を触られるのがとてもつらかった」と聞いたとき、「あぁ、私も同じ経験をしている。脳性まひのせいだと思っていたが、五十肩だったのかもしれない」とうなずいた。病院で痛み止めを何本も打ってもらった。同じ年齢の人が友だちだと、何が障がいか、何が老化現象かわかる気がした。友だちがたくさんいることによって、私は上手に歳をとっていきたいと思っている。

言語障がいは確実に重くなってきている。六〇歳頃から口の動きがぎこちない日があった。そこで講演会では私の考えていることをはっきり伝えたいので、職場介助者の長谷川さんに私の話した言葉をパソコンで打ってもらい、大きなスクリーンに映す方式にしている。最初の頃は「私もまだちゃんと話せるのに、こんなやり方悲しいな」と思った。

でもその考え方はちょっと傲慢(ごうまん)かもしれなかった。

言語障がいのある私の話は、聞き取れる人は聞き取れる。でもいくら話しても聞き取れない人もいる。それを自覚し、話していることをすべてわかってもらった方がよいと思い、長谷川さんの力を借りることにした。

ヘルパーさんとの会話

子どもに接するように私に話しかけてくる人はだんだん少なくなってきた。そうされないために化粧をしたり、きれいな洋服を着たりすることが大切だと思う。

しかし、話しかけても私の言葉がわかりにくいとわかると、私のことでも介助者の顔を見て話しかける人が多い。心の中で「ねぇ、こっちを見てよ。私はちゃんとわかるのよ」と考えている。そのまましゃべり続けて終わる人もいる。「しょうがないな。障がい者と接したことがあまりないからこういうことが起きるんだろう」と思う。

コミュニケーションの取り方をどうしたらいいのだろうか。アメリカでは子どもが病院に行ったとき、医師はまず子どもの意見を聞くために親を部屋に入れず、子どもの意見を聞き終えてから親の意見を聞くという。その話を聞き、とても良いことだと思った。日本の親はしゃべりすぎる。子どもの代弁をしてはいけない。「あなたの意見に任せるよ」という親になりたいものである。

ヘルパーの数が足りなくなってきたとき、私の責任もあると思い、ヘルパーさんに命令口調にならないように気をつけた。敬語を使った時期もあるが、あまりに良い言葉を考えていると自分で言いたいことがわからなくなってしまう。敬語に疲れて元に戻した。

いまは普通の言葉を使い、「これやって」ではなく「これをやってください」と言うようにしている。ヘルパーさんは家族や友人ではない。仕事で来ていただいている人である。自分が雇っているという口調も使いたくない。そして、自分が言葉づかいに気をつけると、ヘルパーさんの口調も丁寧になってくることに気がついた。

コミュニケーションの難しさ

私の意思で自由に動かすことができるのは口だけなので、しゃべりたいことが次々と浮かんでくる。でも愚痴ばかり言ってもヘルパーさんも疲れるだろう。精神的な病気になったときは、話し出すと止まらなくなってしまった。それは辛い日々であった。それでも私が同じ話をしているのに、ヘルパーさんは根気よく話を聞き続けてくれた。そんなとき、歌をうたうことにした。それなら人に迷惑をかけない。

心の病気は怖いものであり、見えないものが見えたり、あたり一面がオレンジ色になったり、ベッドがクルクル回転したりしているような錯覚に陥る。あんな経験はもうしたくないが、仕事のストレスで何回かくり返したことがあった。手の使えない私が、なぜか無人島に行きたいと、一人泣いた。

人間関係は難しいと、六〇歳を過ぎてはっきりと感じるようになった。それでいまは何を聞かれてもいったん息をこらえ、考えてから答えるようにしている。「ちょっと待ってね。明日までに考えてきますね」。何だかおもしろくない大人になったものである。

息子は、結婚してからあまりしゃべらなくなった。お嫁さんとばかりしゃべっているのだろうと想像すると、その行動がどうも気に食わなくなる。私に話しかけてほしいのに。でも自分の若き日を振り返ったら、同じことをくり返しているのだ。母は私が恋をしているときはさぞ寂しかっただろうと、反省している。歳をとるということは、こういうときに感じるものである。

コミュニケーションには感動が必要だ。相手の言葉に感動し、そして投げ返す。相手もそれに反応してくれる。そうしてコミュニケーションは成り立ち深まっていくのである。

それがだんだん年老いてきて、感動がなくなってしまうことが怖い。でもまた何年か経ったら新しい考えが生まれ、年寄りなりのコミュニケーションの喜びがあるはずだ。それを見つけて書き続けるのが私の夢である。

私は五五歳まで彼氏のような人がいたが、その後はいない。いまはごはん友だちがいいなと考えている。性欲がなくなったわけではないが、障がいが重くなり、面倒くさくなってきた。幅広い人と付き合い、社会のことをいろいろと教えてくださる人がいる限り、私はコミュニケーションを続けるだろう。

11 携帯電話、パソコン

ブログとメールは職場介助者が手助け

パソコンは家にあってもキーボードを打てる人がいないので事務所に置き、ほとんど長谷川さんが打っている。考えたことがすぐ文字になり、ブログで世界に発信できる。

私は二〇〇九年正月からブログを続けている。タイトルは「小山内美智子のブログ」という。検索してみてほしい。二〇一六年末までの間に五〇〇本以上の原稿を配信した。いつでも原稿の依頼が来たときに、すぐ書けるようにスタンバイしている。原稿を書いていないと、脳がさびてくるようで、文章が浮かばなくなるからだ。私の心にある言葉を書けることが、なによりもの感謝だ。生まれてきて良かったと、長谷川さんの素早く動く指を見ながら感謝している。

ブログのきっかけは二〇〇八年に悪性リンパ腫にかかったことだった。奇跡的にがんが治った。このとき、患者さんから励まされたり、入院した人から励まされたりした。私は、札幌いちご会の会長と社会福祉法人の総合施設長に復帰した。全国のいろいろな悩みを抱えている人たちからたくさんのメールをいただいた。そのお礼も兼ねて、私の思ったことをつづり、多くの人たちに伝えていきたいと思った。

二〇〇九年三月一二日夜、「心のドアをちょっと開いて」というタイトルで載せた。

「みなさん、こんにちは。私は、脳性まひという障がいで手が使えなく家の中では足で車イスをこぎ、職場では電動車イスに乗り、足で操作しています。（中略）一人ひとりの人間には生まれてきた使命があり、助け合って生きることが大切です。楽しいこと・苦しいこと・痛いこと・寂しいこと・叫びたいこと・すべて経験してきた人の生きてきた財産だと思います。だからこそ苦しい人の気持ちがわかるのです。心のドアをちょっと開けて話してください。ちょっと甘い紅茶を飲みながらメールします。お待ちしております」

以来、数日から一週間に一回の割合で書き続けている。読者は次第に増え、書いたことをきっかけに、読者同士が意見をやりとりすることも多い。相談事も来る。

札幌いちご会で手の空いたとき。夜、自宅でぴりっと辛いウイスキーをなめながら……。私はブログの文章を練っている。職場介助者の長谷川さんは大変だけれど、力の限り続けたいと思っている。

携帯電話は必需品

携帯電話はよく使う。自宅にいるときも事務所でも、かかった電話には丁寧に応対する。介助者に電話を耳に当ててもらい話している。相談事も多い。逆に親しい人に相談することもある。一本の電話やメールで、良き理解者が魔法のように現れるときがある。自分が素直になり、ありのままに生き、それを語り、メール送信している。

自分の幸せをほかの障がい者にも分けたいと思っていると、必ず良き理解者が現れる。

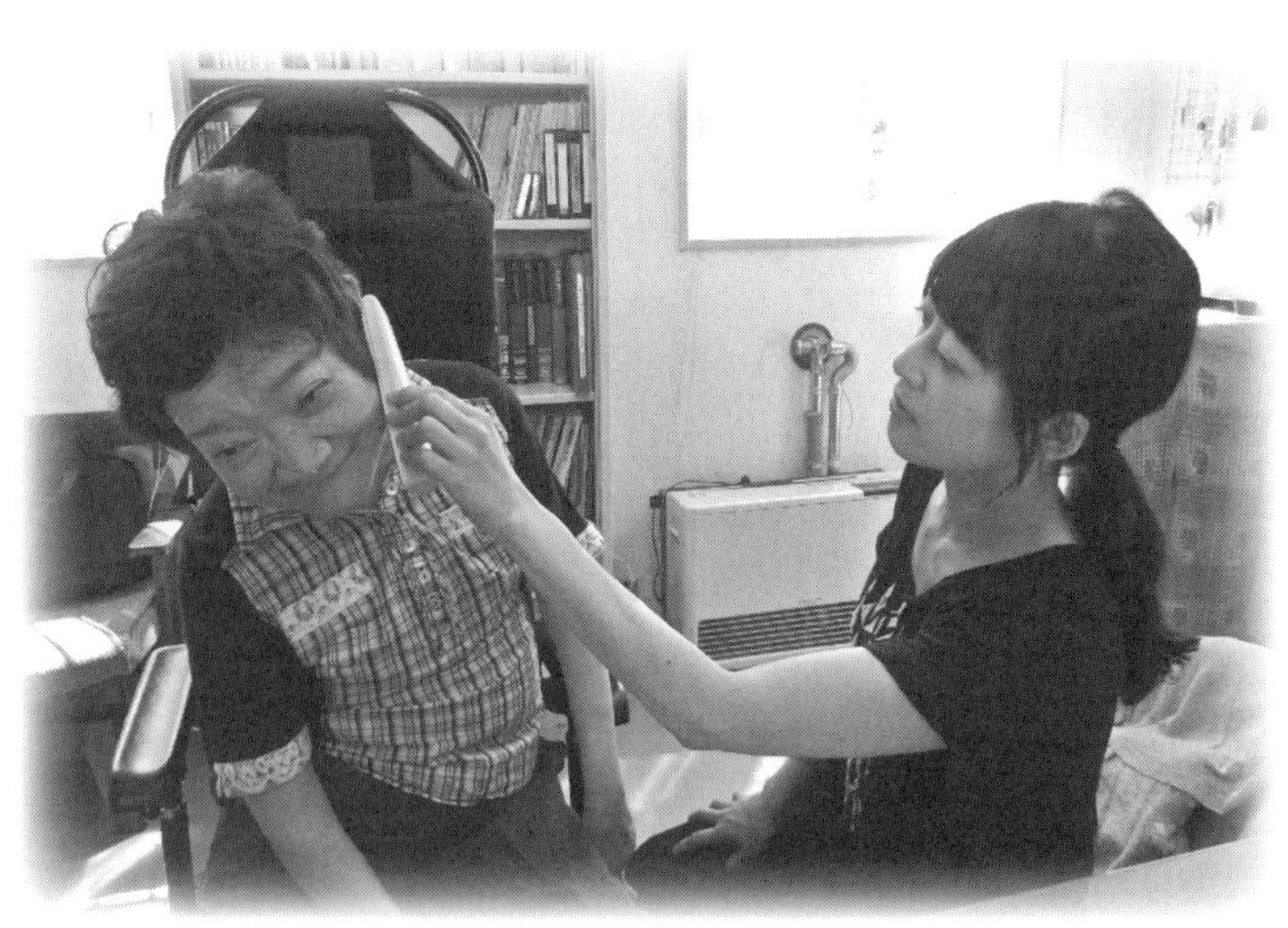

「お久しぶり」。電話で会話を楽しむ。

自分の生活が良くなることは、ほかの障がい者も良くなることだと思っている。だからたくさんの人と会話をし、札幌いちご会に寄付もしてきた。

でも、寄付をもらう側も注意しなければいけない。もらうことが当たり前だと思っていたら人が離れていく。札幌いちご会は寄付金や書き損じはがきを送ってくださる全国のみなさんに必ず礼状を送っている。お礼をすることが資金を集める「テクニック」である。

昔お世話になった方には、いまでもお歳暮を送っている。「心配しなくてもいいんだよ」と言われるが、北海道のアスパラガスやとうもろこしは喜ばれる。いまは月給が少し下がったので、贈り物も少し減らしているが、お金のある限り、お世話になった人に贈り物をするのが当然のエチケットである。心を伝えるということが大切なのである。そういう気持ちを持っていたなら、また大きなプレゼントがやって来る。困ったときには助けてくださる人が現れる。その繰り返しではなかろうか。

12 ヘルパーさんとの付き合い方

ここまでいろいろなヘルパーさんがいることを紹介してきた。どんな付き合い方をしたらいいのだろうか。私なりの考えを述べたい。

ヘルパーさんが足りない

いまは全国中ヘルパーさんが足りなくて困っている。ヘルパーさんの待遇をよくし、勤務の仕方を大きく変え、やりがいのある仕事にしなければ人は集まらない。朝二時間、夜三時間しか働けない仕事には魅力がない。学校や職場での介助もヘルパーさんがおこなえるようになれば一日の給与も高くなり、魅力のある仕事になる。障がい者自身も一般企業で働けるようになり、視野が広がるだろう。

お金だけの問題ではない。ケアを受ける障がい者たちも自己責任、自己決定をはっきり自覚し、ケアを上手に受けるテクニックを学んでほしい。人生は一回しかないのだから。

札幌いちご会ではヘルパーさんを派遣する事業をしている。障がい者自身が運営し、自らケアの仕方を教える形をとっている。どうしたら人が来てくださるか、私は毎日のように考えている。ヘルパーさんを集める良いアイデアを夢でもいいから見たいものである。

一九七〇～八〇年代、ヘルパーさんを派遣する制度はごく一部の地域を除いて存在せず、私たちはボランティアの手で生きてきた。ボランティアにはいつ辞められても、明日来られないと言われても何も言えない。そこで札幌いちご会は自ら職員を雇い、地域ケアサービスを行った。職員が足りないころは一軒一軒ドアをたたき、「ボランティアをしてくださいませんか?」と言って地域を歩いた。

「一週間に一、二回なら行けます」「三時間くらいなら行けます」「土日でもいいのですか?」と、答えが返ってきた。その時代は札幌いちご会が盛んにマスコミに取り上げられていたときであり、知名度が高かった。それでも朝の時間帯にケアをしてくれる人はなかなか見つからなかった。

一人が三人の障がい者を回ってケアしていたときもあった。子どもを連れて来ていた人もいた。そのうち少しずつヘルパーさんが来る日も週一日から三日、四日に増えてきた。しかし夜と当直のケア制度はなかった。私たちは命がけでボランティアという「優しい手」を見つけていたのである。

いま、私は月四五〇時間のヘルパーの介助を受けている。朝も夜も土日も、安心して暮らせるようになってきた。しかし、近所に「札幌いちご会のヘルパーさんとして来てくださいませんか?」とビラをまいても、大学に呼びかけても応募する人は少ない。時給一〇〇〇～一五〇〇円では足りないのだろうか。お金だけの問題でもないような気がする。

「ご苦労様」はよくない?

ヘルパーさんと障がい者の二人で過ごす時間が大変な人もいる。恋人でもない二人がせまい部屋に一緒にいることは容易ではない。私はヘルパーさんと交わす話題を一生懸命考えるときがある。考えすぎて余計なことまで言ってしまうときもある。ヘルパーさんを雇っているんだと、鼻を高くしないように心がけている。

夜、私をベッドに寝かせると、ヘルパーさんは深く頭を下げ、「ありがとうございました。また来週ですね」と言う。私も「ありがとうございました」とお礼の言葉を返すが、これではなんとなく物足りないような気がしてきて、最近では「ありがとうございました。

ご苦労さまでした。またよろしくお願いいたします」と丁寧に言うことにしている。でも、あまり丁寧に言うと、「ご苦労さまなんて水臭いよ」と言われることもあり、「あぁ、この言葉はだめなのか」とがっかりしたこともある。

お礼の言葉一つとってもこうなのだ。本当にヘルパーさんとうまく付き合うことは難しい。嫌われないようにしようという力が働くが、どうしても納得できないこともある。たとえば、ヘルパーさんが使った物を元のあった場所と違うところに置いてしまうと、次に来た人が困る。「使った物は同じところにしまってくださいね」と言いたいが、これを言ってしまうとダメかな、とつい考え込んでしまう。

まぁ、考えればきりがないのだが、それだけヘルパーさんを大切にしなければいけないということだ。そう思いながらも、私はわがままもけっこう言っている。仕事の愚痴もよく聞いてもらう。同じ空気で一緒に笑いが止まらなくなったとき、とてもうれしくなる。ケアを受ける側がどういうことを大切にしたらヘルパーさんが集まってくるのか、といまも考えている。

「長生きしてね」と言われて複雑な心情

ヘルパーさんに「小山内さん、長生きしてね」と言われると、私は喜んでいいのか複雑な思いになる。私の自宅で当直するお給金は一回一万円ほどである。ヘルパーさんにとってとてもうれしいことかもしれない。でもこの時代がいつまで続くのかと不安になってくる。ケアを受ける時間も政治家の考え方によってもっと良くなったり、悪くなったりするだろう。障がい者こそ真剣に政治家の意見を聞き、選挙に行かなければいけないと思う。

以前、介護福祉士を養成する学校で歯を磨く練習に協力し、口の中が血だらけになったように、歯磨きは人間のケアで一番難しいかもしれない。私は若い頃、歯磨きのうまいボーイフレンドをよく好きになったものだ。結婚した人も指先が器用で自分の手のように顔を洗ったり、歯を磨いてくれた。この人はケアの天才かもしれないと思った。

当然のことながら、ヘルパーさんの職業は高い専門性を有するが、ケアは教科書の中の勉強だけではないとも思う。最初からうまい人もいるのである。指先が器用で力があり、気が合えばそれでヘルパーさんの資格は半分取れたと感じることがある。さぁ、六三歳の私もまた、ヘルパーさんを探す旅に出なければならない。

六五歳問題

いま、障がい者が六五歳になると障がい者サービスから介護保険に移り、ヘルパーの時間数が減ってしまうという深刻な事態が起こっている。六五歳になってもヘルパーさんにしてほしいことは変わらない。かえって年をとると、何をするにも時間がかかったり、動いていた身体が動かなくなり、してほしいことが増えてくる。

さて、この問題はどうすればよいのか、これからさらに多くの障がい者がまた行政と闘っていくことになるだろう。一方で、障がい者がヘルパーさんと一緒に健常者に混じって働き、障がい者もその賃金から税金を払う仕組みにしなくてはいけない。障がい者だからといって、いつまでも年金と生活保護だけの生活に頼っているべきではないと思う。

やってはいけないことがある

ヘルパーさんに対してやってはいけないことがたくさんある。以前、私はヘルパーさんと買い物から帰ってきて玄関で滑って、二人とも転んでしまったことがある。ヘルパーさんは事故の状況を事業所に報告しなければならない。そのヘルパーさんは文句のつけどころのないほどケアのうまい人だった。うまいからこそ私は気を抜いてしまった。車いすから立ち上がるとき、私はほかのことを考えていて、ヘルパーさんに身体をすべて預けていたのである。「あぁ失敗したな。足の置き方が悪かったんだな」と反省の気持ちでいっぱいであった。しかしヘルパーさんは事故報告書を書き、それを報告しなくてはならない。それならケアを受ける側も事故報告書を書き、反省しなければいけないのではないか。

こんなこともあった。ある障がい者が水泳に行き、帽子を失くした。それをヘルパーさんに弁償してほしいと言った。私は「あなた、その帽子どこに置いておくのか、指示したの？　あなたが管理するべきよ」と言うと、彼女は「私はヘルパーさんがどこに置いたか見ていなかったからね」と言った。その帽子は二〇年使っていたという。「それはお互いの責任よ。二〇年も使ったらもう元はとっています」と説得し、帽子は弁償しないことにした。嫌われてしまう判断だが、責任の半分以上は本人にあると思う。「アパートで自立生活をしています」と言っても、何かことが起きるとすべてヘルパーさんに責任を押し付けていては、とても自立とは言えない。

ヘルパーさんやヘルパーさんを派遣する事業所の職員たちは、障がい者に何かあるとヒヤリ・ハットや事故報告書を書かなければいけなくなる。人間は常にちょっとしたことで間違いを起こす。どうして間違えたのか、写真やビデオを撮ったりして、今後どうすれば間違わないかを研究することが大切だと思う。ヒヤリ・ハットの報告は職員とケアを受ける側の「宝物」ではないだろうか。失敗したと嘆くことはない。

たくましい障がい者たちが少しずつ増えてきている。自分たちでNPO法人をつくり、ヘルパー事業を立ち上げる若者も出てきている。これからはそういう強い障がい者たちが新しい視点で福祉を創っていくのだと思う。最近そういう人たちが札幌いちご会にもやってくる。自分の考えが正しいかどうか確認したいのだろう。「あなたの考えは間違っていないよ。すばらしいことね。頑張って」と励ますと、にこやかに帰っていく。私の仕事は、若い人たちを元気づけること、笑顔を一緒につくることだと思う。

第2章

これまでの人生、伝えたいこと

1 未熟児で生まれて

未熟児で生まれた私に医師は「もう助からない」

一九五三年六月、私は北海道上川郡和寒町北原村で生まれた。和寒町は旭川市の北隣にあり、中でも北原村は町の北に位置するとても寒いところだ。

母は五回妊娠したが、姉と私しか生き残れなかった。私のときは帝王切開で、妊娠七か月での出産だった。医師は未熟児で生まれた私を「もう助からないから連れて帰りなさい」と母に言ったそうだ。しかし、母は諦めなかった。祖母と交代で育てた。

私の体は母の片手に乗っかるほど小さかった。母は、私の布団の中に湯たんぽを三つ入れて暖かくしてくれた。おっぱいが出ても、私の口は小さくて母の乳首が口に入らなかった。スポイトを使ったり、母が自分の口におっぱいをふくみ、私の口へ吹き込んだりと、おっぱいを飲ませるだけでも何時間もかかっていたらしい。離乳食になると母はごはんやおかずをかみ砕き、それを手に取り、私の口に入れて食べさせていた。

土地は父の兄が戦死した後に、父が受け継いだ。でも、そこは太い木が生えた林だった。父と母は開拓農民として何年もかけて林を切り開き、畑にし、野菜を育て、牛やニワトリ、羊を飼った。当時は電気も水道もなかった。母は「食器を買うお金がなかったから、貝殻を茶碗にし、小枝を削ってハシにしていたんだよ」と冗談交じりで語ったものだ。いま、和寒町はキャベツとカボチャの出荷量が全国でも多い町として知られるが、こうした開拓農民による努力のたまものなのかもしれない。

寒い田舎での生活

母は上川郡剣淵町生まれで、祖父は澱粉（でんぷん）工場を経営しながら寺子屋も開いていた。工場でもうかったのだろう。家はとても広かった。母の初恋の人は特攻隊員で、出征後帰ってこなかった。母と別れるとき、汽車の窓から手を振っていたのを見たと、後に母の友だちから聞いたことがある。「いまのように抱きしめ合ってキスなんてできない時代だったものね。大泣きしていたよ」。

その工場でアルバイトをしていたのが父だった。父の家は貧しく、畑仕事のない冬に働きに来ていた。そこで母と出会った。父は布施明似の二枚目で仕事もまじめだった。二人は結婚を約束するが、祖父はすぐには許してくれなかった。父は母に手紙を出した。手紙は先に祖父が読み、それから母に手渡ししていた。やがて祖父は二人の結婚を許した。

結婚が決まったとき、父は黒い布に大きなバラの花を二つ刺繍し、バッグを作った。それを結婚指輪の代わりに母にあげた。なかなかロマンチストな男性であった。残された写真を見ると、両親の結婚式で母は角隠しをかぶり、黒い着物を着ている。母もかわいい女性である。だが、母は六〇歳になると離婚を宣告した。大切にとってあったこれらの写真を全部燃やして別れてしまった。母は美しい思い出を消したかったのだろうか。

両親はリハビリに必死だった

その頃は親たちは障がい児をどう育てるかという知識を持っていなかった。私の首がなかなか座らず、立ち上がりもしない。母は何の病気だろうと考えた。近くの医師に診てもらうとくる病と診断された。母は自宅でとれた卵やとり肉、牛乳、チーズ、バターを与えた。果物も野菜も豊富で、私は栄養をとりすぎたのか、コロコロした子どもであった。

母はさまざまな雑誌を読み、脳性まひではないかと疑うようになった。旭川の病院でそれが正しかったことが証明された。母は私を連れて札幌へ行き、理学療法士からリハビリの仕方を習った。当時農業が軌道に乗り、生活はある程度豊かになってはいたが、しょっちゅう熱を出しては両親が馬車で病院に向かう姿は村中の評判になっていた。

家の中では床に寝ていた。座ることができず、雲を眺めてはこんなことを言っていた記憶がある。「綿飴のようだね。あっ、綿飴からうさぎちゃんになったね。あっ、うさぎちゃんから母さんになったね。今度はお花のかたちになってきたね」。空が友だちだった。

父は鍛冶屋に行って、私の身体に合わせた歩行器と車いすを造ってくれた。歩行器は赤ちゃんが使うのを大きくしたものだった。車いすには枕がついており、おなかの前に丸いテーブルがはめ込まれていた。子どものためにと思うと、いろいろな発想が生まれたのかもしれない。父はとても器用な人だった。

私が四、五歳になるまではランプで生活していた。三歳上の姉はいつもランプをみがいていた。ランプの下で両親が私の左右に座り、リハビリを始めた。手足を激しく動かし、関節が固まらないようにする。時には痛くて涙が出て、ランプがぼやけてくる。

広い畑を毎日歩かされた。田んぼのあぜ道は歩きにくかった。畑の端に小さな小屋があり、車いすに私が座る。両親が草を刈っているとだんだん二人の姿が遠のく。猫が私のおでこをかじりに来ると思うと恐ろしくなり、「母さん〜。父さん〜」と泣き叫んだ。

友だちと遊べないくやしさ

母は私の手を使わせようとして、街で高価なおもちゃをたくさん買ってきた。そして車いすのテーブルの上に乗せた。おもちゃで遊びたくて、村の子どもたちがうちに来てくれるようになった。

「おばさーん、おなか割れるよー」。友だちのかっこちゃんは服をめくり、すいかのようなおなかを見せたものである。私のところにくると何か食べられる。おもちゃがたくさんある。母はきっと子どもたちに来てもらえるように努力していたのだろう。

雨の日には友だちがたくさん来た。しかし雨がやんでしまうと友だちは一人ずつ減っていく。後を追おうとしても歩けない。手でテーブルをつかみ立とうとしても立てない。私はほかの子と違うのだと知ると、悲しくて、さみしくて、怒りをどこにぶつけてよいのかわからなかった。

母は友だちが去った頃を見はからって「さぁ、みっち、おんぶしてやるよ。母さんと草刈りをしよう」と言った。おんぶひもでがっちり私をおぶってくれた。母の身長は一四六センチほど。私の足が地面につきそうだ。

父は一升瓶を持って村長さん宅をよく訪ねた。「学校をつくらないといけない」「堤防を築かないと危ない」「電気も引かなければ」。学校は村のお父さんたちが集まり、手づくりで造ったという。堤防も私が生まれる頃にはできた。農地の整備が進むと、水田や畑の作物がよく採れるようになった。研究熱心で、酪農学園大学の通信教育を受けながら、畑でアスパラガスの研究をしていた。

一家で札幌へ

私が六歳になると、父は農業をやめ、一家で大都会の札幌に移ることになった。父が病気で腎臓を一つ取り、きつい農作業が難しくなったことと、障がいのある私に適切な教育と治療を受けさせたかったからである。

父は豊平区に一軒家を借り、古物商を始めた。古物商とは鉄、アルミ、銅などを集め、それを売ってお金を得る仕事だ。商売は順調だった。

都会は便利だが人の視線が怖い。当時はやったポリオは、赤ちゃんのときしか移らない病気だが、私のような体が曲がり、顔をゆがめている子どもを見ると、移る病気だと思うのである。親たちは子どもの手を引き「移るからそばに行っちゃだめ。こっちに来なさい」と言った。村ではこんなことはなかったのに。

銭湯に行くときが一番辛かった。私が入っていくと、みんな冷たい視線を向け、ほとん

幼少期の美智子。

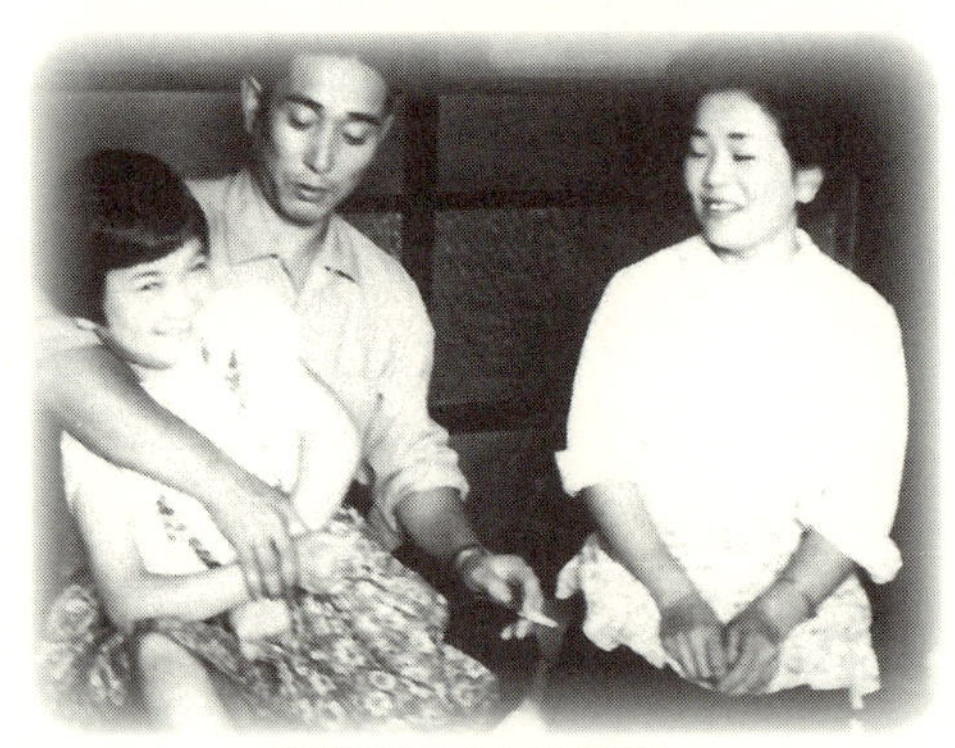

札幌に出てきた頃、両親と。

どの人が出て行ってしまうのだ。次の日、お風呂に行く時間が来ると、私は家の大きな柱に足を巻きつけ、「銭湯にはもう絶対に行かないよ！」と泣いて抵抗した。母は「外に出なければ一生負けだよ。何もわからないで死んでいくのかい」と怒った。

札幌には、やりたいこと、行きたいところ、見たいものがたくさんある。結局、母の手につかまり、お風呂に行った。銭湯のおばさんはとても親切だった。「美智子ちゃん大丈夫よ。今日は人が少ないからゆっくり入りなさい」。私はおばさんの言葉を聞き、自分が駄々をこねていたことを反省した。

「売り上げが減るから来るな」

母と私はスーパーにもよく行った。これも歩く練習なのだ。ところが、店員さんは「売り上げが減るので連れてこないでくれ」と、母に文句を言った。それに負けず、母は私を連れてスーパーに通い続けた。我慢できなかった母は、ある日店長さんに手紙を書いた。「私はただの客。娘はただの子ども。お得意さんである。なぜスーパーに来てはいけないのか」。こんな趣旨を便箋何枚にも書き連ねたそうだ。

店長さんは店員たちを集めた。どういう会議だったのかはわからないが、私を受け入れようという呼びかけだったようだ。みんなは店長さんの言葉に納得し、私を受け入れてくれるようになった。後に母はこの顛末を話してくれた。「母さんは美智子のためなら何でもやるよ。隠れたらおしまいだよ。どこへでも行くことがあなたの仕事なんだよ」

小学校に入学断られ、整肢学院に

札幌のアスファルトの道は平らで歩きやすい。でも、転ぶと必ずすりむいてひざから血が出る。つい、草が生えているでこぼこの田舎道を思い出す。「歩きにくかったけれど痛くなかったな」。そして両親のつくった野菜や肉の味を思い出した。

古物商が成功し、父は小学校の横に家を建てた。母の願いで私を普通の学校に入れようとしたのだ。リハビリは両親がやろうと思っていたらしい。母は何度も小学校に行き「教室の片隅でもいいですから入れてください。私が毎日ついていきますから。先生方にはご迷惑をかけません」とくり返し言った。

しかし校長は首を縦には振らなかった。「障がいがあるからといってみんなと同じ場所で勉強ができないのはおかしい」。母は自宅に戻っても怒りがおさまらなかった。残念なことだが、いまも親たちは訴えている。母はとても先進的なことを主張していたのである。

九歳になって、学校と病院と施設が併設している北海道立整肢学院(札幌市、現・北海道立子ども総合医療・療育センター)への入学が決まった。三年遅れの一年生であった。それが私のコンプレックスになった。でも、整肢学院では三年ぐらいの後れは序の口だった。七年遅れて小学校に入った男の人もいた。その当時は障がいの重い子は学校に行かなくてよいという就学免除があったからである。

私は家族と離れ、施設で暮らすことになった。友だちと楽しく勉強し、広い訓練室でリハビリを受けよう、そして私もいつか働けるようになりたい。そんな明るい気持ちで胸が膨らんだ。しかし施設を見学していたとき、一人の男の子が廊下に座って、職員に何かを訴えていた。股をおさえていたので、おしっこがしたいのだなとすぐにわかった。

私が「おしっこしたいと言ってるんじゃない？」と言うと、職員は「いいのよ。その子はいつもうそをつくからね」と言って通り過ぎた。間もなく男の子のズボンからおしっこが漏れ、廊下に広がった。私はこの子のようになるのかもしれないと暗い心になった。

私の持ち物にはすべて「みちこ」と書かれていた。おなかが減ってもなかなかごはんが食べられない。トイレに行きたくてもがまんしなくてはいけない。のどが渇いても水さえ飲ませてもらえない。心配した母は水曜日と日曜日になると来てくれた。「週に二回も来てはいけません」と職員から注意されると、母は廊下やトイレ掃除をしたり、ほかの子どもたちをお風呂に入れたりするようになった。今でいうボランティアである。

それが終わると私の部屋にこっそり来た。バッグの中に顔を入れ、隠したヤクルトをストローで飲んだ。「見つかったら施設を出て行けと言われてしまうかもしれない」。ヤクルトはおいしかったが心臓が破裂するほどドキドキした。母は覚悟して言った。「ゆっくり飲みなさい。職員に見つかったら母さんが連れて帰るから大丈夫よ」。

一生の友だちに巡り会った

私たちは六人部屋で生活していた。そこで長嶺京子ちゃんと再会した。札幌に来てから、私はマザーズホームという訓練施設に母に連れられて通っていた。そこに京子ちゃんも来ていた。一年ぶりの再会である。一足先に入所していた彼女は、部屋を案内してくれたり、規則などを教えてくれた。彼女は私より一歳下だが、何か月か早く入学していた。ほんの少し先輩なのにやけに偉そうだ。それが私には気に食わなかった。

京子ちゃんは手が使えたが、うまく歩けない。歩行器に頼って歩いていた。私は手が使えないが歩ける。ある日トイレにどうしても行きたくなり、我慢ができなくなった。その施設には職員を呼び出すボタンがなかった。「京子ちゃんおねがい。トイレ手伝ってくれる？　もう我慢できないの」「あぁ、そうだね。やってあげるよ」。二人でトイレに行った。

京子ちゃんは歩行器から手を出して、私のズボンとパンツを降ろしてくれた。私は転ばないよう必死に立っていた。ちり紙でおしりを拭くのにとても時間がかかった。ズボンを

北海道立整肢学院時代の美智子（左）と澤口京子ちゃん。

上げるのも大変だ。それが終わると「できたね。京子ちゃんありがとう。これからもよろしくね」。私は厚かましく言った。京子ちゃんは少し困った顔をした。「これからいつも手伝うの？」「なるべく看護婦（現・看護師）さんと保母さんが来たときに行くよ。でもいなかったらごめんね」「うん。わかったよ。できるときにはやるよ」。

トイレや着替えのお礼にと、母が隠れて持ってきたヤクルトやお菓子を、二人で引き出しの中に頭を入れては食べた。その頃の歯磨き粉はバナナやいちご、みかん味で、二人でよくそれをなめた。オブラートも一枚一枚食べた。私の引き出しは宝箱だった。しかし、いくら母が引き出しにおいしいものを入れておいても、京子ちゃんがいなければ口には入らなかった。

暖房でのどがカラカラに渇き、のどの奥の皮がくっついたことがあった。呼吸がしにくい。整肢学院には「自分でトイレに行ける人だけ水を飲んでもよい」「自分でトイレに行けない人は水を我慢する」「みんなに二口か三口飲ませてもよい」という矛盾したルールがあった。看護師さんは、自分の判断で選択していた。寝る前にはどうしても水がほしくなる。二口か三口、みんなに飲ませてくれた保母さんや看護師さんを、私は尊敬した。

のどが渇いて苦しくて、ある日暖房機の上に蒸発皿があることに気づいた。見つかって叱られることを覚悟して、ストローをその中に入れて飲んだ。水面にごみや虫が浮いていた。それでもおいしかった。それを見た京子ちゃんはかわいそうに思ったのか、私のためにコップに水を汲んで持ってきてくれた。でも彼女が歩くと身体が揺れる。部屋についたころにはコップに二口か三口くらいしか残っていなかった。でもそのわずかな水がおいしかった。京子ちゃんの「愛」を感じた。

私はずるがしこかったので、母に水筒を買ってきてもらい、京子ちゃんの首にぶら下げて水を汲んでくるよう頼んだ。京子ちゃんは素直に水を水筒に溜め、ストローでたらふく飲ませてくれた。

優しい作業療法士にあこがれる

ある日、美しい女性の作業療法士の先生が現れた。アメリカで脳性まひの研究をしてきた人だった。その頃はジェット機に乗ってアメリカに行き勉強してきたと聞くだけで、夢のような人に見えた。「脳性まひって英語でなんて言うの？」と聞くと、先生は「セレブラルパルシー」と言った。その言葉がなかなか言えず、発音を何度も練習した。

私は精神的緊張で手が曲がり、胸にくっついてしまったときがある。外科の先生たちは手が胸から離れるよう手術をした方が良いと言った。母も同意しそうになっていたとき、作業療法士の先生が言った。「美智子ちゃん、手術はだめよ。美智子ちゃんの手はときが来ると絶対伸びるんだから。手を動かすことが大切なの。切ってもなおさら悪くなる人だっているのよ」。その言葉を信じ、母に手術はしないでと訴えた。先生が言った通り、一年経つと私の右手はいつのまにか伸びていた。

先生は、整肢学院にあった電動ひらがなタイプライターのキー一個一個の上に穴の開いたカバーをつくり、手の不随意運動で動いてしまっても打てるようにしてくれた。

私は施設でよく風邪をひいた。寝てばかりいると体の機能が落ちていく。母は先生に、一日おきでもいいから私の手足を動かし、リハビリをしてほしいと頼んだ。先生は人に隠れるように、部屋に来ては私の手足を動かしてくれた。だれかに見つかったらと心配だった。しかし、私は先生に手を握られるだけでも幸せを感じていた。

私は精神的な負担と緊張で両手が上がったままになったことがあった。毎日バンザイしていた。京子ちゃんが「みっちゃん疲れるでしょう」と、その手をおろしてくれた。手におもりをつけたらどうかと真剣に考えた。「先生、手が邪魔くさいの。上がったままだと疲れるの。切っちゃったほうがいいんじゃない？　手なんかあったって何にもならないの」。先生は涙をこぼした。「そんなに辛いのね。どうしましょうか。また時期がくると下がるんだけど」。私を抱きしめ、私の腕を上げたり下げたりしてくださった。

この先生だけが辛さをわかってくれる。そう思うと、痛みも少し軽くなる気がした。信じてくれると言うことが一番のリハビリなのかもしれない。一緒に涙を拭き合い、「手が下がるときを待とうね。手がなかったら困るのよ。美智子ちゃんは歩くときに手でバランスをとって歩いているんだよ。大切な手なの」と言って、私の手を握った。

整形靴がはけない

その頃、理学療法士や作業療法士は少なく、訓練士と呼ばれるスタッフが私たちの機能訓練を担当していた。一人の男性の訓練士が、「脳性まひ者は静かな場所で訓練を行わなければいけない」と告げ、小さな物置部屋を片付けて訓練室にした。そこは「拷問部屋」になった。

極端にかわいがる子と極端にいじめる子がいて、私はいじめの対象になった。「おまえの母さんよく来るな。職員を見張りに来ているのか。一週間に一回でいいと言え」「おまえの家は金持ちなんだな。なんでおまえはここにいるんだ」と、毎日のようになじられた。私の手首を逆に曲げたり、手の指を手の甲にくっつけるようにしたり、股をバレリーナのように開いたり。痛いと言って泣くと「泣くな」と杖で叩かれた。

私にとってその訓練は「地獄」であった。施設では「整形靴」をはいていた。編上げのひも靴の上、膝下のあたりにバンドが二本あった。靴をはき、バンドを金具で締め、靴ひもを結ぶ。自分ではかないと昼ごはんにありつけなかった。手の使えない私は、片方の靴はもう片方の足を使ってはけるが、もう片方がはけない。もちろん、靴ひもが結べるはずはない。片方の靴をつま先に引っかけて急いで食堂に行った。すでに食事は片付けられ、私はテーブルに頭をぶつけて、泣くほかなかった。

整形には「正しく治す」という意味がある。整形靴は正しい状態に直すという非科学的な矯正を強いるギプスのような代物だった。その訓練士は「それをはいたらちゃんと歩けるんだ」と命令した。また、訓練士は一五歳くらいのお姉さんを裸にしてお風呂に入れ、股を開く訓練をしていた。お姉さんは「やめてください」と泣いていた。セクハラとか虐待とかいう言葉があるが、それをすべて表すものであった。

一人の看護師さんが、私が食事にありつけない姿を見ていたらしく、お医者さんの回診のときに、私の手をつかんでお医者さんの前に連れて行った。「美智子ちゃんはもう整形靴がなくても歩けるもんね。ふつうの上靴でいいもんね」。私のために靴を持ってきてくれた。私は恐る恐る歩いた。看護師さんは「ちょっとふらつくけど、整形靴をはいているときと同じ歩き方よね。大丈夫」。お医者さんはその看護師さんの意見に従った。「明日から整形靴ははかなくてもよいです」。看護師さんは「よかったね。これからごはん食べれるよ。この靴だったらスッと自分ではけるもんね」と喜んだ。

私のＩＱは六〇？

施設に入った私は、景色をながめながら給食だけを楽しみに過ごしていた。ところが、一年生の通信簿は「１」ばかりである。「１」が一番良い成績だと思い込んでいたが、友だちと通信簿を見せ合いっこし、頭が悪いと言われてしまった。ＩＱを測ったらしく、先生は私のＩＱは六〇だと言っていた。頭の悪い子として扱われていることを知った。私は、鏡を見ながら何もわからないふりをする練習をし始めた。

やがて三年生になると、荒川清先生が担任になった。私の成績とＩＱの数値を知っていたが、クラスメートたちに「小山内は手が使えないだけなんだ。みんな、テストが早く終わったら小山内の代筆をしてあげなさい」と言った。みんなは自分のテストが終わると、私の代筆をしてくれるようになった。

とても頭のいい斉藤君という男の子がいた。テストのとき、自分の解答が終わると、よく代筆をしてくれた。私が間違った答えを言うと、斉藤君の手が止まる。小声で「違うよ」と言ってくれる。少し考えて違う答えを言うと、深くうなずいて手を動かす。ちょっとインチキだが思いやりが溢れる。私もやる気が出てきた。

荒川先生はある日突然、教室で大工仕事を始めた。私の机を譜面台のように斜めにして、下を向きづらい私のために、教科書を見えやすくしてくれた。給食も先生やクラスメートが順番に食べさせてくれた。

先生は戦争に行ったらしく、戦争の怖さや怒りを生徒によく話していた。死にかけた兵隊さんがのどが渇いたと言ったが、水がなかったのでおしっこを飲ませたという。私も施設ではいつものどが渇いていたので、その兵隊さんがおしっこを飲んだ気持ちがなんとなくわかる。「先生、おしっこ飲む気持ち、私わかるよ」と言うと、先生が尋ねた。「小山内はわかるのか。なぜなんだ」。「夜、水が飲みたくても飲めないときがあるもんね。のどの皮がくっついてしまうんだよ。辛いんだよ」。先生は下を向いた。「ごめんな。これからもっと水がたらふく飲める施設をつくらないといけないな」。

荒川先生が担任になってから、私の通信簿は「2」や「3」がつくようになった。国語は「4」だった。先生は私の作文をほめてくれた。斉藤くんは、のちに真駒内養護学校高等部から北海道大学に進学した。彼は放課後、私に漢字や算数を教えてくれた。先生よりわかりやすかった気がする。答えがわかったら、「よし、みち、それでいいんだ。よくできた」と頭をなでてくれた。

引間くんは、私のそばでごはんを食べさせてくれたり、口を拭いてくれたり、髪をとかしてくれたりした。お父さんが船乗りで、世界中を周っておもちゃを送ってくるという。彼は私の前にそのおもちゃをたくさん並べ、「みち、どれがほしい？　ほしいものあげるよ」と言った。私はぬいぐるみとオルゴールをもらって幸せだった。

いじめにあう

五年生になって、整肢学院から真駒内養護学校に転校し、自宅からスクールバスで通うようになった。優しくしてくれた男の子たちとはのちに高等部で再会したが、当時の私は特殊学級にいた。頭の良い子は養護学校の中の普通学級と呼ばれるA教室、中間の子はB

教室、それ以下の子はC教室の特殊学級と分けられていた。先生方はその方が勉強を教えやすいと言っていた。整肢学院で親切だった男の子たちは、私が特殊学級に入ったと知ると、私が「こんにちは。また昔みたいに遊ぼうね」と言っても、振り向いてもくれなくなった。

参観日、A教室のお母さんたちが私たちの教室を指さして、「ここは頭の悪い子どもたちがいるんですよね。うちの子は普通学級で良かったわね」と言うのを聞いた。私は、「何かをやって絶対働く。働かないと一生バカにされる」と思った。

養護学校に五年生で入った私は、やがて中等部に進級した。やはり特殊学級で、小学三年生の教科書しか使わせてもらえなかった。整肢学院もそうだったが、養護学校の中等部でも足を使うことを禁じられていた。だからテストで回答を書くことができない。

ひどいいじめにもあった。教室に入りいすに座ろうとすると画びょうが置いてあった。机の中に入れた教科書はびりびりに破られ、筆箱の鉛筆は全部折られていた。歩くと足を引っかけられ、何度も転んだ。きれいな服を着て学校に来る私への憎しみの反映だった。学校に行っても、トイレ介助も食事介助もしてくれる人はいなかった。だから家に帰るまでの間はトイレを我慢していた。そのために何回も膀胱炎になった。とうとう不眠症になり、強い睡眠薬を飲むようになった。

教室は荒れていた。でも子どもたちが悪いのではない。先生や親たちの偏見の目が荒れさせたのだと思う。多くの親は子どもが生活する宿舎に来なかった。それに比べて私の親は頻繁に学校に来ていたから、私のことがねたましかったのかもしれない。

間もなく学校に行く時間になるとおなかが痛くなった。休むと決めると治ってしまう。でも、中等部では国語の先生が短歌や俳句を教えてくれた。短歌を書いて全国大会で優勝したこともある。それは私のことを教えればわかる子だと信じた先生のおかげだと思う。先生は足指を使うのを認めてくれた。五、七、五、七、七と足指で数え、ひらがなのタイプライターを足指で打った。

私は当時、多くの先生から知的障害児とみなされていた。精神が遅滞した状態にあるというのだ。手がかかる障がい者はみなそう見られていた。でも国語の先生は違った。こう言ってくれた。「小山内は、本当はわかる子なんだよな」。

洋画が楽しみ

学校へ行くのをあきらめたときもあった。その頃、テレビで「午後の洋画劇場」という番組があり、家でよく映画を観ていた。その時間が私にとって楽しい勉強だった気がする。チャップリンの映画はなんとも楽しい。『緑の館』というオードリー・ヘップバーンとアンソニー・パーキンスの映画はロマンチックだった。三、四回観ただろうか。アラン・ドロンの『太陽がいっぱい』は何度観てもスリルがあり、胸がときめいた。アラン・ドロンの厳しくエロチックな視線が何とも言えず、心がひかれた。オードリー・ヘップバーンの『ローマの休日』も大好きな映画の一つ。今でもＤＶＤで何回も観ている。

自殺未遂

中等部の頃、私は一度だけ自殺未遂をしている。理由は言いたくない。睡眠薬を足指でテーブルの上に乗せ、何十個も飲んだ。死にたいということより、すべて忘れたいと思ったのだ。しかし目が覚めると両親がいて、泣きそうな顔をして私の顔をのぞき込んでいた。両親は「大丈夫かい。目覚めたかい。美智子のことを信じているからね。好きなことをやりなさい」と言ってくれた。私はその悲しそうな両親の顔はもう見たくなかった。

治療の名で、開頭手術を迫られる

家庭科の時間は運針ばかりやっていた。私は二時間びっしり針に糸を通していた。退屈な時間であった。母はクラスメートたちの退屈そうな表情を見て、手芸店に行きいろいろなものを探してきた。大きな針を使って毛糸やビニールひもで刺繍ができるものや、レース編みなどをみんなに教えていた。いろいろなことができるので、次第にみんなの顔が明るくなっていった。そして母のことを「先生」と呼ぶようになった。本当の先生が教室に来ると機嫌が悪そうにしていたことを覚えている。

ある冬の寒い日、学校の掃除のおばさんがコンクリートの玄関に水をまいていた。私はそこですべって転んでしまった。二時間くらい気を失っていただろうか。保健室で目が覚めると何が起きたのか覚えていなかった。先生は「一人でタクシーに乗って帰りなさい」と言って、私を帰宅させた。頭がもうろうとして、家までの道順を伝えるのもやっとだった。その夜頭が突然痛くなり、四〇度以上の熱が出た。両親は脳外科に連れていき、一週間入院することになった。気を失った子どもを一人で家に帰すなんてと、両親は学校の対応に怒り、間もなくPTA集会が開かれた。入院の間、多くの先生がお見舞いに来た。

その頃、脳性まひ者に対して開頭手術が行われていた。手術をした人に何度か会ったが、歩けるようになっても話せなくなったり、手が少し使えるようになっても、歩き始めると自分で止まれなくなった人もいた。どこかが良くなってもどこかに後遺症が残るのだ。私が脳外科に入院したときも、医師が母と私に手術を勧めた。医師は「手が使えるようになるよ」と何度も言った。母も医師を信じ、手術を受けさせようとしていた。

ある日の夜、一人の看護師さんが「美智子ちゃん、ちょっと私と出かけてみない？　病院の散歩よ」と病室から連れ出した。エレベーターで一番上の階に行くと廊下が薄暗かった。電気のつかない真っ暗な部屋から人のうめき声が聞こえた。看護師さんは「この人たちはね、美智子ちゃんのように何でも考え、話ができたんだよ。でも頭の手術をして何もわからなくなって、話せなくなったの。お母さんに手術はしないと言って」と言うと、私の手をぎゅっと握ったことを覚えている。母にはそのことを伝えられなかった。言ったらきっと看護師さんが困る。私は母に「手術は絶対にやらない」と訴えた。

2 人生を変えた人たちとの出会い

白紙答案で高等部の入試に合格

中等部は楽しくなかったので、高等部には進みたくないと思っていた。しかし母は高等部に行くことを期待していた。入学試験があったが、私は答案用紙を白紙で出した。しかし、なぜか受かってしまった。私は特殊学級に入れられることを恐れていた。「一か月か二か月通ってみて、だめなら辞めていいかい。それを約束してくれるなら高校に行ってあげる」と、母に言った。「それでいいよ」。母がうなずき、進学が決まった。

入学後、なぜ白紙で入学できたのか、ある先生が教えてくれた。「小山内が入らないと、あとの子が入れないじゃないか」。障がいの重い子が私の後ろで入学を待ち望んでいたのである。その年から障がいの重い子どもも入れるようになり、私が第一号だった。この養護学校は「エリート障がい者」が通う学校と見られていたが、私はまたいじめられたり、痛い目に遭うのだと絶望していた。いつ辞めようかと、それればかり考えていた。

千葉良正先生との出会い

それが、ある先生との出会いで転機が訪れた。若くて背の高い男性だった。「あなたが小山内さんですか？　何をしたいですか？　私は担任の千葉良正と言います。今までの悲しいことやうれしいこと、これからやりたいことを何でも聞かせてください」。先生の顔を見つめ、「この先生はちょっと違う。私の言葉を聞こうとしている」と感じた。

そこでこれまでのことを素直に話した。「私は頭が悪い。でも先生の言っていることはわかるよ。頭が悪いってどんなことかわからないの。私はこれから生きていくために、最低限のことを覚えたい。お金の計算や簡単な漢字や英語も覚えたい。絵も描きたいし、彫刻もしてみたい。足でできることは何でもやってみたい」。

先生はにっこりした。「やりたいことがずいぶんあるんだね。あなたの過去のデータにはあまり良いことは書かれていないね。ＩＱが60で、おまけに反抗的と書いてある。でも、これは何かの間違いだ。いま、あなたの言ったことが本当のあなたなんだよ。できるだけやりたいことをやりましょう。勉強しようね」。

いままでの先生たちは、「障がい者を守る」と言ったり、「保護する」と言ったりしてきた。しかし、生徒を育てようとはしなかった。私は「反抗的」と見られ、母が選んで着せた服を見て「かわい子ちゃん」扱いされてきた。だが、千葉先生は私をふつうの人間と見てくれたのである。

私の希望をかなえてくれた

千葉先生に油絵を描きたいと相談すると、先生は床に置く斜めのイーゼルをつくってくれた。彫金を希望すると、「学校の物置に何か良いものがないか探しに行こう」と私を誘った。物置に壊れた裁断機があった。「これを持っていこうよ」と私が提案すると、重い裁断機を教室まで運び、裁断機の取っ手に金づちを針金で巻きつけた。父が切ってくれた丸い銅板に釘で線を描き、それに沿って釘を打つ。左足に釘を持ち、右足で裁断機の金づちを持ち上げ、釘の上に落とした。時々間違えて足の甲に落としてしまい、青あざが絶えなかった。先生は横目で黙って見ていた。初めてつくった銅板の壁掛けはいまも私の寝室にある。

彫刻にもチャレンジしたくなった。先生は四角い板に囲いをつけ、動かないよう床に打った。彫刻刀は足指で挟むところを細くし、ビニールテープを巻いてくれた。鉛筆で板に絵を描き、先生がそれに沿って彫刻刀で傷をつけた。私はその周りを彫っていくのである。実際にやってみないと言葉では説明が難しい。彫刻で宝石箱や調味料入れをつくった。私は毎日生きている喜びを感じていた。

先生は教科書はあまり使わず、一人ひとりに合わせてプリントをつくった。私はアルファベットを覚え、練習した。お菓子の箱を組み立てる作業もした。あまり楽しくなかったので「先生、お菓子の箱を組み立てて、将来役に立つんですか?」と聞いた。「つまらない仕事もあるということを覚えなければいけないんだよ」と言われ、納得したものである。

学校の横には美しい花畑があった。放課後、学生のカップルが来て、手をつないでキスをしているのを見たことがある。「私もあんなことを経験してみたいな」。私は、ほかのクラスに片思いの人がいたが、告白できなかった。誕生日にプレゼントを買って渡したいと思ったが、受け取ってくれなかったらどうしようかと考え、興味のなかった男の子に渡してしまった。それからしばらくは、その子に追いかけられて困った。

千葉先生は二五、六歳だっただろうか。先生の横にいるといい香りがする。こんな人と恋ができたらいいなと思った。でも先生は結婚し子どもが二人いた。奥さんはとても良い方で、クラスメートと家に遊びに行くとごちそうしてくれた。

職場実習は老人ホームでの手紙の代筆

高等部では職場実習の時間があった。みんなは役所やお菓子屋さん、手芸屋さんに行った。いまは障がい者の就労支援事業所や生活介護事業所など、障がい者がいるところで実習するが、当時は障がい者が集まって作業する所がなく、役所や一般の店に行くしかなかったのだ。しかし、その方がノーマライゼーション（障がい者が一般の人々と共生し、等しく生きられる社会を目指す考え方）に近いと思う。

私は障がいが重く、職場実習を受け入れてくれるところがなかった。一生働くことができないのかと思うと、やりきれない孤独感が迫ってきた。

そんなとき、テレビでアメリカのお年寄りが、勉強が少し遅れている子どもたちに勉強を教えているのを見た。私はピンときた。「病院や老人ホームに行くとさみしそうな人がたくさんいる。手紙を書きたくてもどうやって書いたらいいかわからない人がいるに違いない。私はタイプライターで代筆できるからやってみたい」。千葉先生にこの話をした。

整肢学院のときに見た電動タイプライターを父にねだって、中等部に進むと電動のひらがなのタイプライターを手に入れていた。先生は否定するに違いないと思っていた。しかし、先生は「そうか、よく考えたな。なんとか実現したいな。ちょっと待ってくれるか？」と

訪問した老人ホームで、おばあちゃんたちと仲良しになった。

言った。

先生には趣味である山登りの仲間がたくさんいて、その中に老人ホームや病院を経営している人がいた。ある老人ホームを見つけ、そこにお願いしてくれたのである。

先生はキャスターのついたタイプライターを運ぶ箱をつくった。私は箱のひもを足にひっかけて、老人ホームの中を歩く。「何しに来たんだ」と、最初はお年寄りから頭をこつかれることもあった。でも、だんだん慣れてくると、私に話しかけてくるようになった。行きは千葉先生が送り、帰りは父が迎えにくる。ホームの寮母さんや看護師さんが食事やトイレの面倒を見て、私を励ましてくれた。

四日目くらいに、一人のおばあちゃんが

話しかけてきた。「息子が何年も来ないんだよ。手紙を書いてくれるかい？」。信じられない言葉だった。私は、おばあちゃんの思いを聞き、文章を頭の中でまとめた。「ぜんりゃく、げんきかい？」。そんな書き出しで、ひらがなのタイプライターで書き始めた。

歳をとると言いたいことがたくさんあるのに、手紙を書くのがおっくうになる。子どもたちも忙しさにかまけて面会にも来ない。おばあちゃんもそんなありふれた親子の一組だ。

何日か経つと、そのおばあちゃんの息子が面会に来た。そして、私に言った。「あなたが書いてくれたひらがなの手紙、感動しました。僕の忘れていたことを思い出させてくれましたよ」。傍らでおばあちゃんは「あなたのおかげだよ」と泣いていた。

それまでは、何もできない、人にしてもらうことしかない自分に腹を立てていた。しかし、そのおばあちゃんとの出会いで、自分も何かができるという実感がわいた。それからはほかのお年寄りたちからも「私も書いて」とせがまれ、大忙しになった。私のポケットにはみかんやお菓子、一〇〇円玉、千円札、ときには一万円札まで入るようになった。まるでお坊さんみたいだ。でも実習生はお金はいただけない。お菓子だけいただいた。

学校を卒業したらこんな仕事に就きたいと考えるようになった。先生が私の夢を実現させてくれた喜びでいっぱいだった。私は生きていても良いのだ。何か役に立てるのだと、震えるような喜びを感じた。そしてこのとき役に立ったひらがなのタイプライターが、その後の私の生き方を大きく変えるのである。

おじいちゃんの願いごと

老人ホームには寝たきりのおじいちゃんがいた。看護師さんに「話し相手になってあげて」と言われて部屋に入った。おじいちゃんは息苦しそうだった。私が行くと目を開け、突然、震える手で枕元の引き出しを開けた。一万円札が二〇枚くらい入っていた。「このお金、あんたにあげるから、胸を触らせてくれんか」。

このおじいちゃんもう亡くなるかもしれない。お母さんのことを思い出しておっぱいを触らせてほしいと言っているのかもしれない。おじいちゃんの手の近くに胸を近づけた。おじいちゃんはちょっと胸を触ると、我に返ったように「ごめんな。あの世の土産にあんたの若さをもらいたかったんだよ」と言って手を引っ込め、大粒の涙を流した。私は声をかけることを忘れてしまった。おじいちゃんは間もなく息を引き取った。「きっと天国に行けるよ。アーメン」と祈った。

私は聖書を読んでいたので、祈りの言葉を言ってあげた方が良いと思ったのだ。でもそのおじいちゃんは仏教だったかもしれない。なんだかわからないけれど、胸を触らせてあげたことに後悔はなかった。しかし、あとで千葉先生にこのことを打ち明けると、思わず泣いてしまった。先生は「よくやった。おじいちゃんはきっと喜んでいるよ」と肩を強く抱いてくれた。私は先生にずっとずっと抱いてほしかった。恋愛というのはこういうものなのか。この思い出は、いまもはっきり覚えている。

絵を描き始めたが

絵のカルチャースクールにも通った。最初は母がついてケアしてくれていたが、次第に周りにいた奥さんたちがケアをしてくれるようになった。千葉先生がつくってくれたイーゼルを使い、足指にはさんだ絵筆で油絵や水彩画を描いた。そこでも友だちができ、一緒に買い物に行った。花を描いていても、私は花びらにたくさんの色をつけてしまう。絵の先生は「気が多すぎる子だね」と笑った。それは私の性格なのだ。

油絵の道具はすごく高い。絵の具は一本六〇〇円するものがあり、筆も良いものは六〇〇〇円くらいした。額はもっと高い。父は私の絵を見て言った。「お前の絵より道具の方が高い。絵は高く売れないよ」。私もそうだと思った。絵で食べていけたらどんなに幸せだろう。でも私のテクニックでは到底、無理である。やはり老人ホームで代筆かと、一人納得していた。

障がい者に支給されるわずかな年金だけでは生きていけないから、私も働かなければ。

でもこの体で、何百件会社のドアをたたいても追い返されるだけだろう。父は商売をしていたので、「今年は儲かった」とか「今年はだめだった」と、よく漏らしていた。それを聞いていたから、働かなければという気持ちが強かった。しかし、黙ってどこかの施設に閉じこもっているほかないのだろうか。

テレビで知った障がい者を訪ねる

真駒内養護学校の中等部に通っていた頃、NHKのドキュメンタリー番組で、「ある人生 足指の歌」[一九七〇年一二月放映]を観た。足で赤ちゃんを抱いている脳性小児まひの女性が主人公だった。木村浩子さんという。

彼女はおなかの大きいうちから足でほ乳瓶にミルクを入れたり、人形を使っておしめをあてる訓練をしていた。「この人が結婚? 赤ちゃんを産んだの? 信じられない」「でも、私にもできるかもしれない。同じ人間だもんね」。そう思うと無性に会いたくなった。

放映からしばらくたって、母と一緒に山口県に住む浩子さんのもとを訪ねた。彼女は足で絵を描いた資金で「自立の家」をつくっていた。何人かの障がい者に一世帯ずつ部屋があり、みんな真剣に生きていた。ボランティアもたくさん来ていた。

浩子さんは母に「美智子さんには可能性がいっぱいあります。やりたいことを自由にやらせてあげてください」と言った。母はなぜか外に出て行き、家の周りの草刈りを始めた。この人のために何かしなければならない。そんな思いにかられたのだろうか。

自立の第一歩はズボンの上げ下げ

私と二人きりになると、浩子さんは「絵でも漢字でも英語でも何でもいいから勉強しなさい。でもその前に、自分のことは自分でしないと。どうやってトイレに行くか見せるからね」と言った。床に寝転び、棒の端っこについた釣り針を大きくしたようなものでズボンを引っ掛けて、下ろす。反対に上げるときはズボンのすそから棒を入れ、中からウエストのゴムに引っ掛ける。汗だくである。

「さぁ、やってごらん」。棒を私の足に渡した。なかなかうまくいかない。「浩子さん、まだできないけど家で練習してくる。自分でできる方法を考えるね」。浩子さんは温かな目で、「そうだね。私の生き方の真似はいけんよ。あなたはあなたなんだから」と言った。

浩子さんは「真似はいけんよ」と言うのが口ぐせだった。私は家に帰り、大工さんにつくってもらった帽子掛けを壁につけ、ズボンを下げるときは帽子掛けを下に向け、しゃがんでズボンのひもを引っ掛けて立ち上がった。何度も繰り返しているとズボンとパンツがうまく下がった。上げるときはその逆である。成功したときはとてもうれしかった。母は私のおでこの汗を拭きながら、「できたね」と泣いて喜んだ。「自立」の第一歩であった。浩子さんの存在は母の心を大きく塗り替えた。歴史はこうして変わっていくのかもしれない。いまでも、「小山内さんだからできた」と言って、自分の子どもは無理だと決めつけている親が多い。逆に「小山内さんでもできたんだから、あんたにもできるよ」と言ってほしい。「うちの子どもは障がいが重いので、恋愛も結婚も無理」という親も多い。そんなとき、私は「お母さん、あなたが二〇代、三〇代のとき、何をしていましたか？」と問いかけたい。子育ては親が子どもに勇気を与えることであってほしい。

障がい者を殺そうとした兵隊

浩子さんは一九三七年に旧満州（中国東北部）で生まれた。お父さんが兵隊にとられて戦死し、母子は山口県に戻って生活を始めた。一家の生活は厳しかった。お母さんは浩子さんが学校へ行けないと知りながら、せめてランドセルだけでも買ってあげたいと、夜遅くまで川で大根を洗って市場へ売りに行った。

終戦が間近に迫った一九四五年の春、憲兵が障がい者のいる家に猛毒の青酸カリを配って歩いた。障がい者は「足手まとい」とか「ごくつぶし」と言われていた。浩子さんのお母さんは浩子さんをおんぶして、林の中を逃げ回り、草や川の水で飢えをしのいだ。その間に戦争が終わった。浩子さんは私に「戦争は国と国との戦いではない。隣の人や家族に殺されるのが戦争だよ。戦争は絶対にいけんよ」と言った。

浩子さんのお母さんは、浩子さんが一三歳のとき亡くなり、浩子さんは祖母と母の再婚相手の義父と暮らした。みんなが仕事に出ると、夏は一日中蚊帳の中、冬は布団の中でずっと一人だった。納屋で農薬のビンを見つけ自殺を図ったこともある。

障がい者は生理も許されない

死の淵から生還した浩子さんに初潮が来た。ショッキングなできごとの直後、彼女は女になったことを知ったのである。浩子さんと私は一七歳も違うが、私の世代の重度障がい者も生理がくることは許されなかった。優生保護法のもとで、障がい者が生理になると、卵管の一部を切除したりする不妊手術が平気で行われていた。

私にも体験がある。母もかつて生理が来る前に子宮を取る話を持ちかけたことがあった。入院の準備をし、自宅に迎えに来たタクシーに二人で乗ろうとした。私は何か嫌な予感がした。タクシーの座席からお尻をずらし、道路に落とした。「母さん、やっぱり私行かない。嫌だ」と言って泣いた。「わかったよ」。このとき、そのままタクシーに乗り込んでいたら、私は子どもを授かることはなかった。

優生保護法は、「優生上の見地から不良な子孫の出生を防止するとともに、母性の生命健康を保護することを目的」(第一条)に、優生手術や人工妊娠中絶などを定め、一九四八年に施行された。一九九六年に優生手術の条文が削除され、「母体保護法」に改正されたが、厚生労働省によると、その間に行われた同意なしの不妊手術は一万六五二〇件(うち女性が七割)にのぼる。

浩子さんは二〇代の頃から身体障がい者の作業指導所に入所した。編み物を覚えたが、一般の人と比べて時間がかかる。壁にぶつかり、その後二か所の入所施設を渡り歩いた。当時の施設は食事も排泄の介助も十分ではなかった。施設を逃げ出し、千葉県に住む障がい者の知人を頼り、足を使って自立生活をすることを教えてもらった。

異性の介助者と来た浩子さん

三〇代のとき、足指で描いた絵が世界身体障害芸術家協会に認められ、画家として活動、その後「自立の家」を建てた。そこで障がいの軽い男性とめぐりあい、結婚し子どもを産んだ。浩子さんによって日本の障がい者福祉は変わったといってもいい。その後、反戦のため沖縄・伊江島に移り「土の宿」という民宿を建てた。私が沖縄を訪ねたときには離婚していたが、可愛い一人娘の文香(ふみか)ちゃんが大きくなっていた。

浩子さんも時々札幌の私の家に遊びに来るようになった。「明日行ってもいいかい?」と電話がかかってくる。母は浩子さんのために料理を用意し、ズボンをプレゼントしようとミシンに向かった。連れてきた介助者は男性だった。母が浩子さんの入浴やトイレ介助をしようとしても、浩子さんは「大丈夫ですよ。彼がやってくれますから」と言った。そのときの母の驚きようは、いまも私の記憶に強く残っている。母は「本当に大丈夫なのかね、何か手伝うことはないのかね」と不安な顔をしていた。

浩子さんはさっぱりした顔をしてお風呂から出てきた。母のつくったズボンを差し出すと、とてもうれしそうな顔をしていた。「やっぱりお母さんはいいね」と言った。母は浩子さんにズボンをはかせて、長さがちょうど良いか調整していた。「美智子と同じ丈でいいんだね。だったら美智子のズボンもあげましょう」。そう言って差し出していた。

寝るときになると母は布団を抱え、私の耳元で「どうやって布団をしいたらいいのかね」と困った顔をした。「布団をそのまま部屋に置いておけばいいんじゃない? あとは二人で考えるよ」と言うと、母は安心した。次に来たとき、浩子さんに聞いた。「一緒に来る男性たちは浩子さんの恋人ですか?」。浩子さんは大声で笑った。「違うよ。介助者だよ」。「でもはずかしくないの? お風呂とかトイレのとき」と尋ねると、また笑って言った。「あんたはまだ若いね。女の人でも男の人でも、その人の目をジッと見ていたら、私の言うとおり動いてくれるのかわかるのよ。目を見なさい」。

私は、目を見ると自分を受け入れてくれるのかがわかる、という浩子さんのテクニックが、いまもって使えないでいる。

感化された母

浩子さんに感化されたのは私だけではなかった。母は浩子さんが様々な男性と自宅に来てからは、私がどんな男性と付き合おうと何も言わなくなった。「美智子もね、いろんな人と付き合って、いつか結婚できると良いね」が口癖になった。母が私を自由にしてくれたのは、浩子さんという存在があったからだと思う。浩子さんがもし私の目の前に現れていなければ、母は生きている間、自分の手で私を育てなければいけないという考えを持ち続けただろう。そして、自分の手に負えなくなったら入所施設に入れなければいけないと思ったことだろう。

両親の視線と愛は、ときとして障がいを持つ人たちの「牢屋（ろうや）」になるのかもしれない。親から離れて自由に生きたいという思いはみな持っているが、親がなかなか許さない。二一世紀になったいまも、そのことで悩んでいる仲間たちが多すぎる。

3 札幌いちご会の誕生
地域で暮らすために

西村秀夫先生との出会い

一九七二年の春、高等部二年生になっても、将来に希望を持つことができなかった。入所施設しかないのかと悩んでいたとき、作業服姿の男性が我が家を訪ねてきた。「小山内美智子さんですか？　私は西村です」。腰にぶら下げていた手ぬぐいで汗を拭った。西村秀夫さん。東京で大学の先生をしているという。

私は整肢学院にいた頃、るみこちゃんという重度の障がい児と協力して着替えをした思い出話を原稿にしたことがあった。高等部の国語の先生がそれを読み、東京の雑誌に投稿した。それが掲載されて読んだのだという。「すごく良かったですよ。あなたの原稿は面白い。もっともっと書いて社会にたくさんのことを伝えるといいね」とほめてくださった。

西村秀夫先生(左)との出会いが私の人生を変えた。

私は「東京で先生をしていると言いますが、あの、東京大学ですか?」と言った。先生は平然と「そうですよ」と答えた。心臓がドキドキした。両親も目を丸くした。

西村先生は教養学部の進学相談室専任教官をしていた。その頃、東京で母親が介護疲れで脳性まひの男の子を殺す事件があった。地域の人たちはお母さんの罪を軽くしようと嘆願書を書いた。これに対し、脳性まひの障がい者らでつくる「東京青い芝の会」が反対の声をあげた。「障がい者を殺しても罪にならないのか」「親は罪を償うべきだ」と訴えた。

先生はそれを知ると、その人たちに会わずにいられなかった。障がい者が社会でどんな扱いを受けているかを象徴していると思ったからだ。それが、障がい者問題に取り組むきっかけだったという。その後、先生は大学を退職し、娘さんの住む札幌市に隣接する広島町（現・北広島市）にある居住型授産施設「北海道リハビリー」に勤務した。

私の家を訪ねてから、西村先生は毎日のように手紙をくださるようになった。タイプライターで返事を書くと、間違ったところを赤ペンで直して送り返してくる。その赤ペンを直してまた先生に送る。それを二、三回くり返し、やっとオッケーが出る。「障がいがあっても自分の意見をはっきり持たなければいけない。必ず信じてくれる人がいる」。先生はそんなことをいつも言っていた。

「福祉村」の建設を望んだ母

一九六〇年代の中頃、脳性まひの障がい者と親でつくる「北海道青い芝の会」が中心となって「福祉村建設推進委員会」ができた。障がい者が一生安心して暮らせるような場所がほしいとの願いからだ。その頃、国の方針で全国各地でコロニーとよばれる治療施設、居住施設、作業所などを一か所に集めた大規模施設の建設計画が進められていた。

一九七〇年代に入って、母もこの運動に共鳴し、「建設推進委員会」に私を連れて出ていた。委員会に道庁の役人を呼び、要望を伝えるのだ。養護教員と親たちは「一日も早く、福祉村を建設してください」と、前に並んだ役人たちに頭を下げていた。私のような障がい者が何人も親に連れられてきていたが、みな、お人形のように座っているだけだった。私には違和感があった。「何かおかしいなあ。自分たちが住むのに、なぜ、親や先生ばかりが話しているんだろう」

「小山内さんはあれでいいと思うの?」

札幌に移り住んだ西村先生もその委員会に参加するようになった。会が終わって帰る途中、私に話しかけてきた。「小山内さん、みんないつもああなの? 小山内さんはあれでいいと思うの?」。西村先生は、計画に障がい者の意見を入れたいと考えていた。私は「言語障がいがあるから、親が代わりにいうのは当然だわ。あれでいいの」と逃げた。

西村先生から週に一、二度、分厚い手紙が届くようになった。気にかけてくれることはうれしい。でも内心こう感じていた。「難しい手紙をくれても現実は変わらない。おせっかいな人だ。何を言っても、役人たちの物笑いの種になるだけじゃないか」。

おせっかいな先生の根源はキリスト教にあった。先生は無教会主義のクリスチャンだった。戦前、東京帝国大学(現・東京大学)理学部に在学中は後に東京大学総長になった矢内原忠雄氏の家庭集会に参加し、戦争中は陸軍技術中尉として中国へ。戦後、高校教師を経て東大に就職、矢内原氏主催の聖書集会に属した。一九六一年に矢内原氏が亡くなってからは駒場聖書集会を主催し、北海道に来てからも毎週日曜に聖書集会を開いていた。

ある日、私の考えがひっくり返るようなことが起きた。「東京青い芝の会」の会報を読んだ。西村先生が、日本や世界の障がい者団体の雑誌をたくさん持ってきてくれた中の一冊である。私の視力は二・〇あったので、いすに座ったままその会報を床に置いて読んだ。会報には親の発言は一言も出てこない。障がい者たちが、人間対人間として堂々と役所の人たちと話し合い、自分たちの思いや意見を伝えていた。こんなことも書かれていた。「どんなに障害が重くても、自分で判断し、行動し、決定しなければいけない」

いままでわだかまっていたものが氷のように一気に溶け出し、西村先生が「それでいいのかい」と問いかけたことへの回答が与えられたような気がしたのである。福祉村に親たちが住むのではない。自分たちが住むのだ。自分たちの生きる場は、自分たちの力で考えていかねばならないと思った。一九七五年、二二歳のときである。西村先生は常に福祉の新しい情報を持ってきては、「勉強しなきゃだめだよ」と言った。障がい者が生きるために、これからたくさんの壁を壊さなければいけないと感じ始めていた。

札幌いちご会の誕生

「北海道青い芝の会」は親と養護学校の先生の意見が強く、障がい者は発言力がなかった。私は話し合いのたびに腹を立てていた。「なぜ自分の意見を言わないのか」という西村先生の言葉が心の中に浸み込んでいた。そこで自分たちで会をつくることを決心した。

一九七七年一月一五日、障がい者の仲間たちが集まり、教会で「みんなで道立福祉村への希望を語り合う会」を開いた。集会を発案したのは私と京子ちゃんだった。京子ちゃんは、整肢学院から養護学校の中等部を卒業し、作業所を経て、「北海道リハビリー」で生活していた。そのことを西村先生から知らされ、何回も遊びに行っていた。そこで福祉村の話も出て、意気投合していた。

語り合う会では、「障がいの程度によって建物を分けないでほしい」「自分の部屋がほしい」。親と役人との話し合いでは出てこなかった生の声が次々とあふれ出た。語り合う会はその後も続けることになった。会の名前をどうしようかと考えたとき、西村先生が提案した。「第一回を一月一五日に開いたのだから、一と五をもじっていちご会としたらどうかな」。かわいい名だ。すぐに飛びついた。こうして「札幌いちご会」が誕生した。

西村先生は答えを言わない教育方針だった。「どう思うかい?」といつも問いかけてくる。「また先生のクエスチョンクイズが始まった」。ときには難しすぎて、いい加減なことを答えたときもある。何でも自分で考えて行動することを教えてくれていたんだと、いまになって思う。

最初の参加者は五、六人だったが、次第に仲間が増えてきた。障がいを持つ仲間たちと話し合うことで、障がい者はどんな夢を持っているのか、どんな悲しみを抱えているのかがわかる。話し合うことこそ教科書だと思った。

障がい者自らの思いを大切にしようとスタートした札幌いちご会だが、「親を近づけない会だ」と、嫌う親や教師もいた。「みっちゃん、会に行きたいけれど、お母さんがだめというの」と泣きながら電話をかけてくる友だちもいた。

フォーカスアパートを知る

悩んでいる頃、西村先生が日本大学理工学部建築学科の野村歓先生(当時、助教授)を紹介してくれた。札幌いちご会ができて三年ほど経った頃である。野村先生は障がい者住宅の建築を手がけていた。社会から変わり者扱いされ、「障がい者住宅を研究したって儲からない」と陰口をたたかれていた。野村先生の研究は時代より少し早かっただけなのだが。

先生はスウェーデンに渡り、イエーテボリ大学のブラッド・ゴード博士のもとで二四時間ケア付き住宅(フォーカスアパート)を学んだ。博士も車いすの障がい者で、博士ら障がい者の声を聞き、政府は各地にフォーカスアパートを普及させていた。

札幌いちご会で野村先生を招いて、障がい者住宅についての講演会を行った。先生は「設計図を書くとき、一本の線から魂を入れなければいけない」と語った。私はブラッド・ゴード博士に、札幌いちご会の活動を紹介する手紙を書いた。しばらくして返事が来た。励ましの手紙とともに、重度障がい者の住居や交通に関する論文があった。

ノーマライゼーションの波

一九七九年、米国のカリフォルニア州立大学に通っていたエド・ロバーツさんが日本にやって来た。彼はポリオにかかり四肢まひと呼吸器障がいを持つ。ほとんど寝たきりで、人工呼吸器をつけていた。夜は「鉄の肺」(身体ごと入る人工呼吸器)に入って眠っていたそうだ。障がい者が大学に入学することがほとんどなかった時代で、その壁を破った彼は、世界中を講演して周っていた。

「彼が東京に来るんだよ。ぜひ行ってきなさい」との西村先生の勧めで、ボランティアと一緒に上京した。これから障がい者運動を行おうとしている人たちが、全国からたくさん集まっていた。彼の講演の中で一生忘れられない言葉があった。「障がいは力なり」。私はその言葉を聞き、生きる勇気がわいてきた。私たちは障がいがあるからこそ社会を変えていく本当の力を持っているのかもしれない。私は講演を終えた彼のそばに恐る恐る近づき、「サンキュー」と呼びかけた。その後何を話したか、緊張していたので覚えていない。

デンマークでは、バンク・ミケルセンという日本でいう厚生労働大臣が、一九五〇年代にノーマライゼーションという考え方を法律にしている。地域の中で障がい者が健常者とともに生きるというこの考えは、北欧や北米で急速に広がった。大規模施設のコロニーは一九六〇年代半ばをピークにどんどん閉鎖され、施設行政は新しい道に踏み出していた。ところが、日本では一九七〇年代になってもなお各地にコロニーが計画され、建設工事が続いた。やがて政府も方針を転換することになるが、私たちがいま地域で暮らしているのは、こうした偉大な人たちがいたからだと思う。

カーテン一枚のプライバシー

札幌いちご会の会長は私が務めることになり、副会長は京子ちゃんになってもらった。京子ちゃんの暮らしている施設は四人部屋で、カーテンで仕切られていた。この場所で一生暮らすのかと思うと、何か矛盾を感じた。

ある日、京子ちゃんの隣のカーテンの中で車いすのカップルがベッドの上であやしげな行動を始めた。女性の甲高い声が聞こえ、私は驚いた。ほかの人たちはラジオやテレビのボリュームを上げてその声を消していた。「あぁ、大人の施設はこういう工夫をして楽しんでいるんだな」。不思議な世界に入り込んだ思いがした。でもなぜカーテンが壁にならないのか。カーテンの存在は「セックスしてはいけない」と言っているように思えた。

野村先生の話では、スウェーデンの障がい者は個々に独立してアパートで暮らしている。自由に孤独な時間を味わい、恋人とも楽しめる。この形を日本でもつくらなければいけないのではないか。

京子ちゃんと私には共通の夢があった。それは二人で旅行することだ。お金を出し合い、タクシーで温泉に行くのだ。でもどうやってタクシーを頼もうか、温泉はどこにしようか。お風呂は危ないから入れない。どうやって布団を敷こうか——。「やっぱりだめだね。二人で旅行なんて行けないね。悲しいね。スウェーデンのようにケアアシスタントがいたら行けるのに」。二人でため息をついた。結局、京子ちゃんと二人でボランティアを連れて温泉に行ったり、韓国に行ったりしたのはずっと後になってからである。

自立生活に向けた実験

母が熱心に募金活動した北海道福祉村は、栗沢町(現・岩見沢市)に北海道が三〇〇億円をかけて建設し、一九七九年に完成した。住宅棟、共同作業所、福祉ホームなどを備える。

札幌いちご会は、もともと福祉村に入村したい障がい者が集まってできた会であり、私も当初は福祉村で暮らそうと考えていた。そのためにも居室は一人用の個室にしなければと思った。安心して語り合ったり、愛し合ったりできる場がほしい。だが、要望書を出しても北海道庁は「個室は危ない」と言い張った。

それなら危なくないことを証明すれば、夢が叶えられるのではないか。一九七七年七月、札幌いちご会でアパートの一室を借り、私と京子ちゃん、知的障がい者の伊藤文子さん、軽い脳性まひの大高律子さんの四人の障がい者で、三泊四日の合宿をすることにした。

ボランティアにケアをしてもらい、四人で協力し合って事故もなく共同生活は終了した。「やったよ！」。胸を躍らせ私と京子ちゃんは道庁を訪れた。ところが、担当者は「三日間だからできたんでしょう」と相手にしてくれない。怒りがこみ上げ、言い返した。「では、一か月なら信じてくれますか？」。「それなら信用します」。役所を相手にもう後には引けなくなった。

札幌市内の民家を借りて、「実験生活」をすることにした。半年後の一九七八年三月、私と京子ちゃん、脳性まひで寝たきりの林香代さんの三人の共同生活が始まった。

共鳴した人たちがボランティアを買って出てくれ、時間割にそって介助を分担した。私たちは「最大限の自力、最小限の介助」の原則を決め、「合宿の心がまえ」をこんなふうにまとめた。


「成功させなくてはとか、失敗したならと堅くなったら、脳性まひの場合は、なおさら、緊張して失敗する。行政や介助者の人たちに一番理解してもらいたい。最初は、食事に一、二時間かかっても、黙ってみていてほしい」

「介助の人はやたらに手を貸さない。本人に手伝ってほしいと頼まれたときにすること（後略）」

「障害者は、時間に追われながら、時間がかかっても自分でできると思うことは、何でも挑戦してみること。あぶないと、まわりの人は言ってはならない」

「何か問題の起こったときは、最終的には、障害者自身が話し合って決定する」

「合宿の規則は、介助の人たちと話し合いながら決めていく」

「健常者との交流をすること。楽しく、誰とでも気軽に話せる訓練」

「道庁の人は、三日に一度は来ると約束しているので、生活してみた感想や福祉村にとりいれてもらいたいことをどんどん話すこと」

私たちの姿が毎日のようにテレビで報道され、道内からたくさんの障がい者が訪ねて来ては泊まり、大勢のボランティアが駆け付けてくれた。北海道庁からも職員が視察に来た。私たちはお得意のカレーライスをつくってもてなした。台所で私が足を使ってじゃがいもを切っているとき、赤いものがついた。いつもカレーに入れているケチャップだと思い平然としていた。しかし誰かが、「小山内さん、足切ったんじゃない？」と心配して言った。赤いケチャップの流れが止まらない。あわててタオルで足指を押さえた。隣の部屋では、みんな「おいしい」と言って食べている。もしわかったら「やっぱり一人暮らしは危ない」と言われたかもしれない。もちろん、このことは秘密にした。

こうして、疑心暗鬼だった道庁の職員ともうち解けて話せるようになった。彼らは私たちの生活を見て驚き、これまでの考え方を改めていった。私たちも、これまでできないと決めつけていた様々なことができるということに気づいた。重い障がいがあっても十分なケアがあれば、地域で生きていけることがわかってきたのである。

北海道民生部との話し合いで、「個室を完備し、一〇人ぐらいのグループが家庭のように生活したい」「どんな人も何かの仕事ができるようにしてほしい」といった私たちの要望は、かなり取り入れられることになった。当初の福祉村の構想とは大きく違ったものになったのである。

しかし、結局私たちは福祉村に入らなかった。コロニーはすでに時代遅れとなり、北欧や北米では解体が進み、東京では障がい者の団体が都に「ケア付き住宅」の建設を求める運動を起こしていた。「実験生活」で様々な自信を得た私たちも負けてはいられない。自立生活に向けて大きく踏み出さねばならない。

去っていったボランティアたち

「実験生活」で唯一の誤算は、ボランテイアたちが途中で去っていったことだった。

「実験生活」が始まると、何人かのボランティアが「福祉村に反対する運動をやるべきだ」と私と京子ちゃんに意見を述べた。私はそのボランティアの主張も理解できたが、まず福祉村に個室をつくらなければ日本の福祉は変わらないと思っていた。

やがて彼らはボランティアの集団のリーダーとなり、連日、「福祉村運動を辞めないとボランティアを辞める」と迫るようになった。私たちが受け入れないとわかると、連れ立って去っていった。「合宿の心がまえ」が台無しである。京子ちゃんと私は涙を流した。

「みっちゃんもうだめだね。お金は集まっているよ。でもボランティアがいないと何もできないね」。電話のコードを二人の首に巻きつけて死んでしまおうかと、真剣に話し合った。

彼らがいなくなったその日、ライオンズクラブのパーティーがあり、京子ちゃんが寄付を呼び掛けに行くことになっていた。京子ちゃんは一生懸命化粧をした。でも涙が止まらない。「顔がボロボロだよ」と二人で笑った。泣きながら行ったからか、大金がもらえた。でもそのお金で介助者を雇っても、またすぐにいなくなってしまうのではないかと不安がよぎる。「実験生活」はまだ、始まったばかりだった。

私の電話を受けて、心配した西村先生が真っ赤なバラの花を持ってきた。「大丈夫だよ。祈りましょう。絶対人は来ます」。先生は様々な大学の先生に声をかけた。一〇人、二〇人、三〇人……。再びボランティアが集まってきた。

先のボランティアたちがまとまって去って行ったとき、二人だけ残ってくれた。その一人が京子ちゃんのご主人になった澤口照動さんである。当時ピアニストで、いまはお坊さんをしている。もう一人は河村圭伊子さんという北海道大学の学生さんだった。彼女は「ボランティアは障がい者を助ける人であり、自分の考えをぶつけてはいけない。その人の希望を聞いてあげて動くことだと思います」と毅然として言った。私たちは感動した。若いが障がい者の前に出てはいけない、後ろから支えるという理念を持っていた。澤口さんも同じだった。「その通りだよ。僕たちには障がい者のことはわからない。決めるのは障がい者本人だよ」。二人はそれから毎日のように来てケアをしてくれた。

澤口さんとの最初の出会いはよく覚えている。私の家に来て、寄付金が入った封筒を私に差し出した。「使ってください。僕は昼間ひまですから、何かやることがあったら教えてください」。ちょうど良い人が来たと思い、道庁に行くとき澤口さんに同行してもらうことにした。しばらくして、「実験生活」の最中に澤口さんが電話をかけてきた。受話器を取った私に「京子ちゃんは元気かい？　僕、彼女がけがをした夢を見たんだ」と言った。そのとき二人の恋の芽生えを知った。

4 スウェーデンで福祉の本質を学ぶ

スウェーデンに行きたくなった

一九七九年、澤口さんと京子ちゃんが結婚した。美しい花嫁姿を見て、私は「負けるもんか、私には私の生き方がある」と自分を元気づけた。と、かっこいいことを言っても、実は片思いばかりして、すてきな人を美しいボランティアにすぐにとられてしまう日々を過ごしていたのである。

そのとき、スウェーデン行きの意欲がムラムラとわき上がってきた。この話は、一年前くらいから漠然とした形であり、西村先生から「スウェーデンに行っておいで」と言われていた。福祉の先進国、スウェーデンに行きたいが、一人ではちょっと行けそうもないと思っていた。しかし、京子ちゃんの結婚式が私に決断させてくれた。何を見て、何を勉強してくるのか、目的を何回も書き直し、会報の『いちご通信』にはさみ、旅費のカンパを呼びかけた。

同行してもらうのは、「実感生活」のときにボランティアをしてくれた河村圭伊子さんと、軽い脳性まひの米村哲朗さんと決めた。あるマスコミから、二〇人くらいでツアーを組んで一緒に行こうと提案されたが断った。観光旅行のようなスケジュールはつくらず、行き当たりばったりの旅をしようと思っていたのである。

しかし、旅行には一〇〇万円以上のお金がかかる。旅行の目的とカンパのお願い文を、知り合いやボランティア、マスコミの人にも送ったものの、三か月経っても三〇万円ほどしか集まらない。毎日タイプライターに向かい、一人ひとりに「おげんきですか?」で始まる手紙を書いた。

魂のこもった寄付金

父は夜中まで書いている私の姿を見ていたのか、ある日、私の部屋に入って来ると、「これで行け」と言って一〇〇万円の束を差し出した。私は「このお金はもらえない。もらってしまうと真剣に勉強してこられない。本当に困ったらお願いするから」と断った。のどから手が出るほど欲しかったが、私はまだ若かった。父はさみしそうな顔をしていた。

一人ひとりに心を込めて手紙を書いているうちに、寄付金が集まり始めた。私の考えに賛同した元旭川市長の国会議員、五十嵐広三さんが七〇万円寄付してくれた。そしてその意義と寄付の呼びかけを北海道新聞に寄稿し、大きな扱いで掲載された。これを読んだ読者から続々と寄付が寄せられたのである。

ある日、札幌いちご会にくしゃくしゃになった一通の手紙が届いた。中に一円玉、一〇円玉、一〇〇円玉があった。手紙には、ひらがなのタイプライターで「わたしの　かわりに　いってきてください　たくさん　べんきょう　してきてよ」とあった。

重い障がいのある茶木豊子さんからだった。札幌市内の施設に暮らす彼女は、封筒を口にくわえ、職員や障がいを持った仲間たちに寄付を呼びかけ、集めて回ってくれたのである。これこそ本物のお金だと思った。

数多くの人たちの思いが詰まった寄付は目標の二倍を達成した。宿題をたくさん抱え、私たち三人はスウェーデンに旅立った。一九七九年夏のことであった。

すべてが発見だった

八月九日、トランクに夢と希望と宿題をつめ込んで飛行機に乗った。何が待っているのかわからない。スケジュールが決まっていないからだ。しかし、歩いていればスケジュールは自然にできていくと信じていた。それに明日何が起きるのかわからないからおもしろい。ストックホルムでは、知り合いの障がい者運動家が以前スウェーデンを訪ねたときにお世話になった同市在住の陶芸家、藤井恵美さんが通訳と送迎をしてくれた。

まず、藤井さんが手配したスウェーデン肢体不自由児・青少年協会（ＲＢＵ）を訪ねた。事務局長のベイオさんが、独立して暮らしている人々、一〇人ぐらいで共同生活している住宅、解体が始まっているコロニーと、見学のスケジュールを立ててくれた。私が覚えたてのつたないスウェーデン語で挨拶したのを気にいったのか、「明日、みなさんわが家へいらっしゃい」と招待してくれた。

ストックホルムでは、ボールモーラ職業訓練校の宿泊施設に泊まった。そこでは障がい者たちが生活しながら、ラジオを組み立てる作業をしていた。一人部屋はとても広く、台所、シャワールーム、トイレなどが備わっている。障がい者が操作しやすいように大きなスイッチがいくつもあった。床に転んでも職員を呼べる低さにスイッチがあり、カーテンもスイッチ一つで開閉する。現在の私の部屋にあり、日本でも普及し始めた「環境制御装置」がすでにあったのである。部屋ごとに流し台やテーブル、いすの色とデザイン、カーテンやベッドの色をすべて入居者の希望で決めるという。それでも障がい者だけを集めて職業訓練するのはおかしいという声が高まり、翌年この建物は壊される運命にあった。

夜になって、私は片言のスウェーデン語と英語、日本語を交えて意思疎通を試みた。ボランティアとして同行した河村さんは英語がとてもうまく、彼女の通訳でいろいろな障がい者と話ができて楽しい。

翌日、ストックホルム郊外にあるベイオさんの一軒家を訪ねた。奥さんはポリオの障がい者で、杖をついて歩いていた。料理は奥さん、配膳は韓国人の養女、後片づけはベイオさんの仕事だった。奥さんは結婚前から細菌研究所に勤め、ベイオさんとの共働きで、ヘルパーさんが家事を手伝っている。

ドラえもんの世界

ある朝、障がい者の奥さんと健常者のご主人の家庭を訪問した。ご主人は自分の朝ごはんをつくり、新聞を読みながらコーヒーを飲んでいた。男性のケアアシスタントが来て、奥さんを抱き上げるとシャワー室に行った。日本では絶対に見られないシーンである。

奥さんがお風呂に入っている間、ご主人は「これから仕事なんだ」と言って、私のほほにキスをした。奥さんは着替えて食事を始めた。私にコーヒーとトーストをごちそうしてくれた。アシスタントが小麦粉をこね始め、生地をまな板に力強くぶつける。これからピザをつくるのだという。子ども部屋から出て来た子どもが、お母さんにキスをして学校へ行った。この風景がスウェーデンでは当たり前なのだろう。

別の車いすの女性の家を訪ねた。銀行で働く彼女は、両手がなく、口に棒をくわえ、タイプライターを打っている。訪ねたときは足で編み物をしていた。「一人でいる時間を増やしたいけれど、トイレだけは困るのよね。アシスタントに部屋にいてもらわないといけない」と言った。

電動車いすの足元にはたくさんのスイッチがあり、まるで自動車のようであった。値段を聞くと三〇〇万円もするが、国から支給されるという。彼女に車いすを貸してもらって、私も操作してみた。すぐに覚えられ快適である。どこを見ても自分の望んだものが何でもある、まるで「ドラえもんの世界」であった。同じ地球に生きている人間なのに、スウェーデンはなぜこんなにも暮らしやすいのか。ため息が出るばかりだ。

私の泊まっている職業訓練校には、日本語のわかる韓国人の女性アシスタント、朴(ぱく)さんがいた。「こんにちは。どこから来ましたか?」。突然の日本語に驚いた。彼女は韓国料理をふるまってくれたり、スウェーデンの状況を教えてくれたりした。お父さんが宣教師で、子どもの頃日本にいたという。そしてこんなことも言った。「スウェーデンの福祉はとても良いけれど、時折私は障がい者たちの心が伸びきったゴムのように思えるの。幸せって何かしらと考えるときがあるの。小山内さんの目は輝いているね。何か学んで社会を変えようとしているのが美しいのかもしれないわ」。

「伸びきったゴム」という言葉が気になった。日本もあまりに福祉が良くなると、障がい者たちの心は伸びたゴムになってしまうのだろうか。しかし、心配は無用だった。いま、日本の福祉はどんどん予算が削られ、伸びきったゴムになんかなる暇はない。働く障がい者も、恋をして結婚する人もまだ少ない。

フォーカスアパート

私たちは、保養地として知られるオーレにしばらく滞在した後、イエーテボリという港町に向かった。空港に着くと向江康之さんが出迎えに来ていた。彼にはスウェーデン人の奥さんと子どもがいる。もやしの栽培で成功し、日本の名誉領事に任命されていた。港はどこも真っ白であった。海に太陽の光が当たり、宝石をちりばめたような景色だ。向江さんの家は森の中にある豪邸で、札幌のテレビ局の紹介で通訳をかって出てくれていた。

障がい者住宅を見に行った。きれいな高層住宅で、約三分の一が障がい者用で、一階にケアステーションがあり、二四時間対応している。「ここがフォーカスアパートですか?」と住人に聞くと、深くうなずいた。部屋を訪ねて歩く。いまでは日本でも高齢者用のサービス付き住宅が増えているが、当時の日本にはヘルパー制度も障がい者用住宅もなかった。

次の日、イエーテボリ大学のブラッド・ゴード博士を訪ねた。野村歓先生が手紙を出してくれていた。研究室は、オフィスの立ち並ぶビル街にあるビルの一室にあった。

一五年ぐらい前は、重度の障がい者が健常者と同じアパートに住むことは考えられなかった。でも、博士をはじめとする運動が成功し、フォーカスアパートはどんどん増えていき、スウェーデンではありきたりの風景になっていた。

私は、北海道に造られようとしている福祉村のことで意見が聞きたかった。当時の録音テープが手元に残っている。

小山内「一五年前から親たちが運動してきましたが、私たちが大人になったいま、『これでよかったのか？』と疑問がわいてきました」

博士「私も身体障がい者として長い間コロニーや住宅問題に関係してきました。あなた方はアルヘイマス（リハビリをおこなう療養宿泊施設）に泊まっていますが、私は反対で、あまりタッチしませんでした。しかし、それが無意味だとは言いません。私が言いたいのは『大きいのを建ててくれるというときには建てさせなさい。そして小さいのもあった方がいいですよという形で言いなさい』ということです。『大きいのに絶対反対。小さいのでなきゃいけない』と言うと、政治家はへソを曲げます。だから、大きいのを建ててやるというときには建ててもらいなさい。それはそれで使用価値があります。物事の進め方にはステップ・バイ・ステップがあります」

小山内「反対しちゃいけないの?」

博士「かもしれない」

小山内「スウェーデンではコロニーはいまはもう壊しちゃったんでしょう?」

博士「大きなコロニーはなくなってきています。極めて重度の人の施設として使っているケースはありますが、会社が買って運動施設にしたり、養老施設にしたりしているようです」

フォーカスアパートについて聞いた。

小山内「フォーカス協会の資金(住宅費)は?」

博士「地方自治体が全部みています。『収入のない人は住居費を払わなくていい』のではなくて、『住宅手当』をくれる。障がい者は手当からアパート代を払い、障がい者で仕事を持つ人は、自分の給料の二〇%を払います。その二〇%では家賃に足りない場合は、不足分は市から住宅手当として出ます。フォーカスでも普通の住宅でも、給料の低い人たちには全員に住宅補助が出ます」

一九五〇年代までは、障がい者に可能性があっても療養所に収容され、ただ生かされるだけだった。それが一九六〇年代の福祉革命で変わった。そんなことをスウェーデンで最初にできたヘルパー付きの障がい者住宅に住むエバさんが話してくれたことを、私は思い出した。

日本はいつになったら追いつくのだろう。私は、ブラッド・ゴードさんにもらった論文を日本に持って帰った。それを北星大学の土橋信男教授の学生さんたちに訳してもらい、のちに札幌いちご会で自費出版した『心の足を大地につけて』という本に収録した。そのとき訳してくれた学生の一人はいま、札幌いちご会の事務所で私の隣に座っている。

オーサとの出会い

ストックホルムに戻ってしばらく経った頃、通訳の藤井さんが「小山内さんにそっくりな人がいます。会いに行きましょう」と誘った。彼女はオーサという。学生寮を訪ねると、オーサがいた。足首に時計をしていた。

二〇歳で成人の高校に通っている。将来は科学者になりたいという。彼女は足で料理ができるキッチンを持っていた。引き出しやクローゼットなど、収納スペースにはすべてアルファベットと数字が書いてあり、A－1にお皿、A－2には鍋と、一目でわかるようになっていた。キッチンは横にあるスイッチを押すと上下にスライドし、オーサとアシスタントの両方が使える高さに調整できた。テーブルもボタンを押すと上下する。

私が一人暮らしの「実験生活」をしたとき、茶碗に味噌汁やごはんを盛っても、それをテーブルに置くのが難しかった。「ここのようにテーブルが動いたらいいのに」と感じた。スウェーデンには福祉研究所があり、障がい者がこんなものがあったらいいと言うと、それが開発されていた。その頃、研究所は国の予算で、研究者とデザイナーと、それを使う障がい者を雇っていた。日本では夢の道具はなかなか生まれない。私は宝くじが当たったらこんな研究所をつくりたいと、心底思った。

オーサの部屋は足ですべてのことができるようになっていて、アシスタントは男女どちらも来ていた。オーサの高校には一般の人や高齢者も通い、私でもわかるレベルの数学を学んでいた。隣の女性アシスタントが言った。「オーサと一緒に勉強できるから助かるのよ。アルバイト料ももらえるしね」。スウェーデンでは仕事や学校にも介助者がつけられる。

オーサと仲良くなった私は、その後も二回スウェーデンを訪ね、オーサと会った。日本に招いたこともある。二度目に会ったとき、彼女は高校を卒業し、福祉機器研究所で働いていた。足でパソコンを操作すると、人工の手で冷蔵庫を開け、ジュースを取り、飲ませてくれる機械を開発していた。しかし、オーサは「自分でできることは自分の力でやった方がいい」と、電動車いすを使っていなかった。彼氏と同棲していた彼女は、足でミシンを使い、彼のバッグをつくっていた。ほほえましい風景であった。

三度目に会ったとき、かなり太っておばさんになっていた。同棲していた彼と別れ、盲人のとてもハンサムな人と結婚したが、一年しか続かず、しばらく田舎に閉じこもっていた。スウェーデンはどこに住んでも同じ福祉サービスを受けられる。

スウェーデンから帰国した二年後の一九八一年、私たちはスウェーデン肢体不自由児・青少年協会(RBU)から六人を招き、講演会を行った。翌年「美智子とオーサ」という映画が日本で上映された。オーサが来日したときの私との交流を撮ったドキュメンタリーだ。最近、オーサは気力を取り戻し、研究所に来る見学者の案内をしているという。

米村さんは帰国後、障がい者グループのリーダーとして活躍したが、一九九〇年に亡くなった。河村さんは結婚して平和な家庭を築いている。

5 自立生活の実現と社会運動

自立生活への旅立ち

スウェーデンに滞在したのは約一か月間だった。その間、毎日吹き込んだ「声の日記」はカセットテープ一五本になった。帰国すると部屋にこもり、タイプライターと格闘した。ひらがなの文章が完成したとき半年経っていた。その記録は『足指でつづったスウェーデン日記』〔朝日新聞社、一九八一年〕として出版された。

本の原稿を書き終えた私は、これからどのように生きていけば良いのかと悩んでいた。家にいて両親のあたたかな手で生きることは簡単である。でも、それでは地域を変えることはできない。それがわかっていても一歩を踏み出すことができなかった。

ある日、姉が「みち、原稿書いてどうするの。これから何をするのよ」と私に尋ねた。

「どうしていいかわからない」と答えると、「情けないね。家を出て暮らすほかないでしょう」と言った。うすうす感じていた私の思いを姉に暴露され、心臓が止まる思いであった。自立生活に踏み出したいが、日本にはまだヘルパーさんを派遣する制度がない。使いやすい住宅もない。生活費もない。ないないづくしである。

スウェーデン旅行で、住宅の整備とともに介助の必要性を痛感した私は、福祉村にケア付き住宅を実現することよりも、札幌市の市街地に実現する道を選んだ。それができれば福祉村にもできるし、ほかの市町村にも広がるはずである。しかし、北海道庁にケア付き住宅をつくってもらうには、私たちが長期にわたってケア付き住宅で自立生活が続けられるという模範を見せなければならないのではないか。

そのために、アパートで「研究生活」と名付けた実験が必要だと思った。自立生活をしたいと話していた二人の男性の障がい者を誘った。父が持っていたアパートの三世帯分を借りて、そこで「研究生活」を始めることにした。「みちハウス」と名づけたアパートの改造は父が引き受けてくれた。田舎にいたとき、父は一人で家を建てた経験があった。

自立生活を選んだ二人のうち土井正三さんは脳性まひで、室内をはって歩く。スイッチやキッチンなど、床から何でも手が届きやすいように改造した。彼はそれまでお兄さんと暮らしており、両親のお葬式のとき、部屋に鍵をかけられて出席できなかったという。

ワゴン車でお出かけ。
池田源一さん(左)と、土井正三さん(奥)。

土井さんとの出会いは、札幌いちご会に「さみしがっている人がいるので助けてあげて」という一本の電話だった。私の家から近かったので様子を見に行った。彼の部屋には電話器と雑誌一冊しかなかった。「この家から出て一人で暮らしたい。どうすればできるかな」と、土井さんはつぶやいた。それを聞き、「アパートで暮らしたらどう」と誘った。

しかし、お兄さんは反対し、誘った私に「出て行け！」と怒鳴った。

西村先生に相談すると、西村先生と土橋先生ら三人が土井さんの家に行って、お兄さんを説得することになった。三人は「彼はもう大人です。何とか一人で生きる道を考えてください」とお兄さんに頭を下げた。お兄さんの硬かった表情は穏やかになり、「わかりましたよ」と言った。その後お兄さんは、私たち三人の「研究生活」を描いた『心の足を大地につけて』を五〇冊も買ってくれた。

もう一人の池田源一さんは筋ジストロフィーで、その頃四〇歳を過ぎていただろうか。札幌いちご会にまた、「さみしそうな人がいる」と電話があった。私が池田さんのアパートを訪ねると、彼は一人暮らしだった。ずっとベッドの上に座り、一週間くらい人と話していないという。「こんにちは」と言う彼の声はかすれていた。

話しているうちにだんだん声が出てきた。「人と話さないと声が出なくなるんですね。だめですよ」。私は彼の家に頻繁に通うようになった。彼は一度結婚した経験があり、なかなかハンサムな人であった。「便利の良いアパートに行かない？　ボランティアも来るよ」と誘った。

「研究生活」の始まり

一九八〇年九月、三人の「研究生活」が始まった。私は毎日、日記を書いた。

九月二日

一日から始めると言っていたが、母に「一日は仏滅だから、二日にしなさい」と言われ、母の言う通りにした。引っ越しは父とミキちゃん、上森さんがトラックで手伝ってくださった。アパートの整理は姉と、隣の主婦の佐藤さんがしてくださった。母はガラ空きになった私の部屋を見て、さびしいと言う。

夜は山根さんに洗面、着替えを手伝っていただく。八時に来て、九時半に帰る。初めて自分で布団をかけ、眠る。布団の両端に竹の棒を縫いつけ、足でかけた。丹前に手を通し、ひもを手に結ぶのに二〇分ぐらいかかって、やっと寝たかと思うと、電気を消していなかったので、また起きあがって同じことの繰り返しである。電気は母が消すものと決まっていたので、失敗。よけいなエネルギーをつかってしまった。一世帯のアパートに一人寝るのはさびしく、心細かった。でも、そのうち慣れるだろう。

九月四日

朝七時二〇分に起き、みそ汁をつくり、鮭の切り身を焼く。ネギとあげを切るのに、包丁が切れなくて苦労した。なかなかおいしいみそ汁ができた。外出する

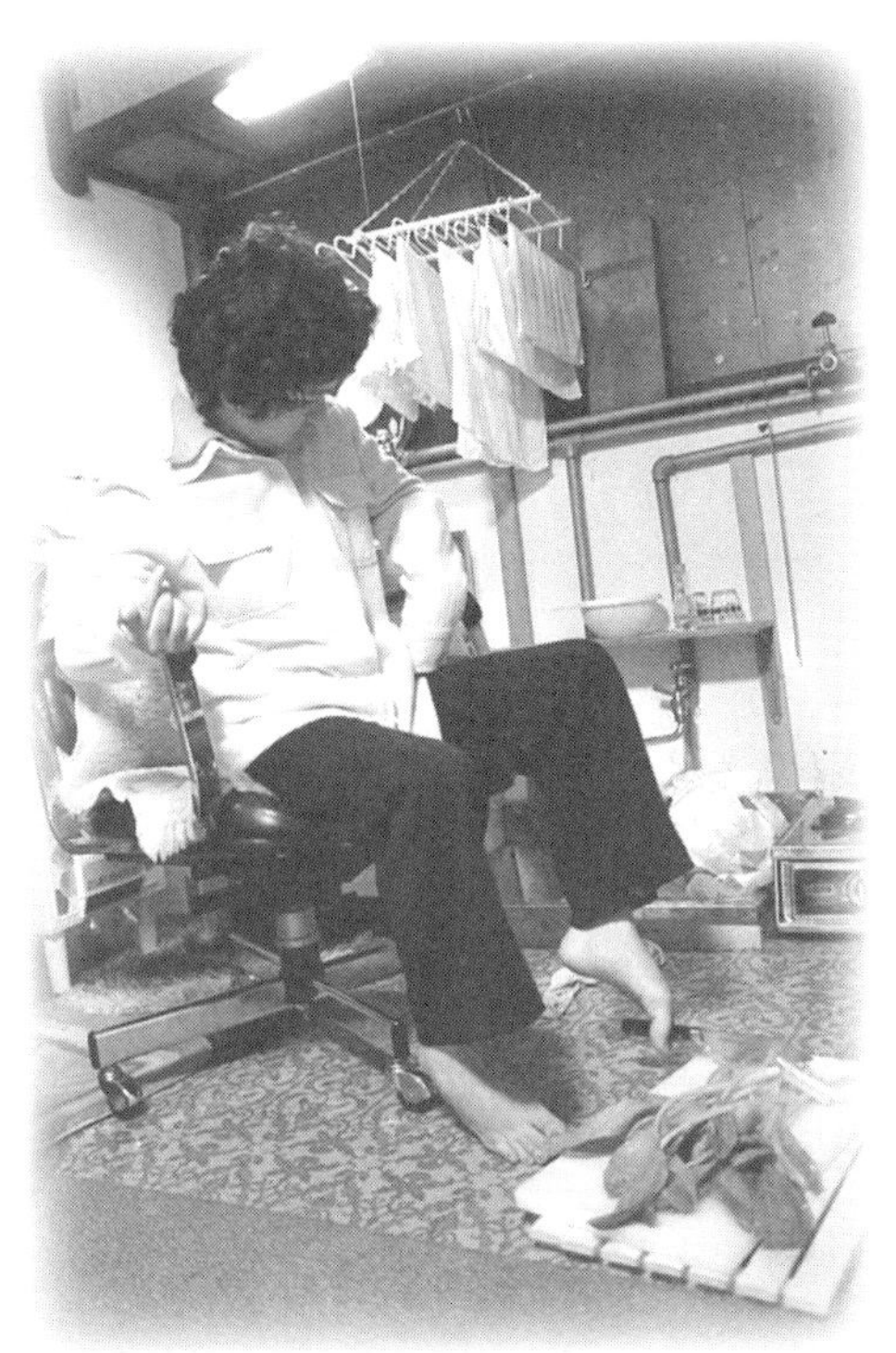

野菜を包丁で上手にきざむ。

ので、瀬野さんに化粧をしてもらう。

九月九日
朝、七時二〇分から四〇分まで日記つけ。七時四〇分から八時五〇分まで一人で食事。ご飯つぶがとんで、足にくっつき、熱くて飛び上がり、イスから落ちてしまった。九時三〇分から一〇時三〇分まで、あとかたづけ。茶碗、ナベを洗うコツも覚え、早くなった。

九月一七日
午後から、道庁での障害者住宅専門委員会に出席。今日が第一回目であった。委員の人たちもケア付き住宅を充分意識していて、否定する人はいなかった。言い続けてよかった！　という喜びと、これからが闘いだ！　という厳しい気持ちが入り交じっていた。
夜、瀬野さんにお風呂に入れていただいたとき、「やっぱりお風呂、狭いね」と言うと、瀬野さんは「もう少しの我慢だよ！　立派なケア付き住宅には大きなお風呂ができるよ！」とうれしい言葉。瀬野さんの話は夢のようだが、夢ではないという確信を今日の話し合いで感じた。この生活にも北海道から予算が出るようになった。

九月二七日

午前中は竹谷さんの介助で京子ちゃんと共に外出。岩見沢(の施設)へ。施設や養護学校の幼なじみはお年頃で、みな美しかった。京子ちゃんたちは昔話に花を咲かせていたが、私はボーッとしていた。施設のにおい、息のつまるような狭い三人部屋と、このような暮らしが当たり前になってしまっているみたいで、なんだか悲しくなった。いま私は何のために生活しているのだろうと考えてしまった。

一〇月三日

夕食は私一人でつくり、土井さん、池田さんにごちそうする。障がい者三人だけで食事するのは初めて。私はとても疲れた。

一〇月一一日

昨日から生理になり、なかなか一人ですることは難しい。初めてきた人に生理るところだわりも消える。

の始末までしていただくのは少し抵抗がある。しかし、女は〝みな同じだ〟と悟

一〇月二六日

先週から、土井さんは週に一、二度、街中にある授産所、「工房児地蔵」に通うことになり、私と池田さんのところには隔週土曜、小笠原先生が来てくださり、絵を習うことになった。食べて寝ることが一番の労働だが、外から見たとき、何もしていないのではないか！　と非難されたくない。施設では、ご飯のつくり方を知る間もなく、一か月いくら汗水を流して働いても五〜六〇〇〇円の給料しかもらえない。

やればできる！　とか、稼ぐ！　とつっぱって言ってみたところで、どこかおかしい。障がい者、特に脳性まひ者の働くという意味は、どこか間違っている。今日も池田さんは靴下をはくのに、一時間かかったという。手伝ってもらう前に自分でやる、このことこそ大切な仕事ではないか。

一〇月二七日

夜七時から、話し合いを行った。「研究生活の資料集」をつくるためであった。しかし、土井さんがいままでの欲求不満をはき出したよう。土井さんは自由に暮らしたいからここに来たと言う。日記をつけなさいと言ったことや、自分のことはなるべく自分でするようにアドバイスしたことなどが押し付けになっていたの

書きあげた原稿を、左足の指ではさんで移す。

か。どうしてもやらなければいけないことがあってこそ、本当の自由があるのではないかと思う。これから、もっと土井さんの話をゆっくりきいて、三人で解決しなければ。

こうして研究生活は二か月でピリオドを打ち、そのまま実生活に移った。多くの人たちがボランティアで介助をしてくださった。学生、主婦、会社員、タクシーの運転手さん――。いろんな人が「みちハウス」を訪れた。両親から独立して生活するため、私は市役所に生活保護を申請した。そのお金が月額三万八〇〇〇円。障害者福祉年金と福祉手当を合わせても生活費は月約七万円。ボランティアの人たちに交通費も出せなかった。

恋は運動のエネルギー

三人で住み始めると、マスコミが次から次へとやって来た。私がこの生活を「研究生活」と名付けたことに反対するボランティアもいたが、私は生きる上で初めての体験はすべて「研究」だと思っていた。三人は、一日のケアをしてもらった時間帯、一人で過ごした時間帯、出かけた時間帯などの記録をつけた。日記を書き、カメラマンを頼み、生活の様子を撮ってもらった。アパートでは毎晩のように宴会が開かれ、夕食のごはんがいらないほど多くのボランティアや地域の人が集まり、楽しんだ。

その頃から私は恋愛を楽しむことを覚えた。新聞記者さんやテレビ局の人やボランティアに足で料理をつくった。スパゲティやちらし寿司、グラタンをごちそうした。その真剣な姿に男性たちは惑わされたのだろう。でも好きになってもすぐに、ほかの美しいボランティアに奪われることが多かった。自分の障がいが悪いのか、性格が悪いのかと悩んだ。でも、真剣に私を受け入れてくれた人もたくさんいた。

仕事が終わると毎日私の部屋に来て札幌いちご会の会計をやってくれる人がいた。ずいぶん親切な人だなと思っていた。母はその人の姿を見て「あの人は美智子のことが好きなんだよ。ちゃんと話しなさい」と言ったが、私はただ親切心で来ているのだと思っていた。その後その人は可愛い女性と結婚することになったのだが、結婚式の前夜、一升瓶を抱えて私の部屋にやって来た。そして勝手にお酒を飲み始めた。

「明日結婚式なんだから、そんなに飲んだらだめだよ」と気遣うと、彼は「僕は面白くないんだ。小山内さんは何で僕を好きになってくれないんだ。まわりに良い男がたくさんいるからか」と言い返した。「私が好きだったの？　そんなことちゃんと言葉に出さないとわからないよ」。彼は酒を飲みながら泣き始めた。二日酔いで結婚式が失敗したら大変なので、友だちに送ってもらった。

北海道大学の学生さんもたくさんボランティアに来てくれた。その中に「イケメン」がおり、デートを重ねるようになった。しかしある日、ボランティアの女性に「小山内さん、彼を私にくれる?」と言われた。崖から落とされたような気持ちだった。私は「私とあなたが決めることじゃない。彼が決めることだと思うよ」と言うのが精一杯だった。その後、彼は彼女からその話を聞いたらしく、「なぜ僕をあげないと言わなかったんだ」と怒った。彼は私を受け入れようか、迷っていたのだろう。

障がいのある女を好きになれば誰だって迷うだろう。手も使えない女と結婚して、どのような生活をしたらよいのか想像もつかないだろう。私がいくら好きだと言っても去っていく人は多かった。それは彼らが悪いのではない。社会が悪かったのだと思う。スウェーデンの障がい者は国でケアと生活が保証されているので、同棲したり、結婚したり、ちゅうちょなく離婚したりしているというのに……。

ある新聞記者さんが取材に来た。彼はストップウォッチを持ち、私が足でお茶を入れるのに何分かかるか測っていた。変わった取材だと思った。しかし話すうちに楽しくなった。取材が終わると「また明日来てください。夕食つくっておきますから」と誘った。

翌日、彼のために料理をつくった。彼は事件が起きるとポケベルが鳴り、すぐ帰らなくてはいけなかった。私はポケベルを足指に引っかけて投げた。彼は「ごめんね」と謝った。

そのとき、私は新聞にコラムを書いていた。その原稿は彼へのラブレターであった。全国の読者にラブレターを見せるなんてスリルがあって楽しかった。ある日彼は電話で「真剣に付き合おうか」と言ってくれた。私は天にも昇る思いであった。結婚なんてできなくてもいい。毎日彼と会えるならそれだけでいいと思った。

間もなく彼は「転勤が決まったんだ。ごめん」と電話をしてきた。私は電話を切ってずっと泣いていた。私がいままで書いた原稿の中でも新聞のラブレターは最高の作品であった。その原稿は『見えない声援』〔健友社、一九八二年〕という本になった。

彼はいまも東京に行くとごはんをごちそうしてくれる。彼は新聞社を定年退職する前、最後のプレゼントとして私の歩みを新聞に連載してくれた。取材が終った後、私の家で一緒にお酒を飲んだ。私はだんだん酔ってきた。「あなたはね、格好良いことは書けるけど、度胸はなかったわね」と言った。彼は黙っていた。「今日は思っていたことを全部言うんだから。六〇歳になった女はなんでも言っていいの」。すっきりし、ビールを一気に飲みほした。

障がい者にとって肌を許すことはとてつもなく時間がかかる。映画で女性が男性に絡みつきながら上手に服や下着を脱いでいくシーンを見たとき、自分の手で脱げる人をうらやましいなと思う。その後、私を受け入れてくださる人と何度も恋をした。愛してくれた人たち、振っていった人たち、ありがとうございます。あなたたちと出会えたからこそ楽しい人生が送れる。恋をしていると次にやるべきことが見えてくる。恋は私に運動のエネルギーを与えてくれていたのである。

エレベーターがほしい

一九七二年、札幌市で冬季オリンピックが開催されるのに伴い地下鉄が開通した。しかしエレベーターはない。なんとしてもつけさせたい。用事もないのに地下鉄に乗った。そのたびに電動車いすを四人の駅員が持ち上げて階段を上がらなければならなかった。

そんな時期が長く続き、やがて駅員が腰を痛めた。駅員の労働組合も私たちと一緒に、エレベーターをつけるように運動をしてくれた。やがてすべての駅にエレベーターが設置されるようになった。腰を痛めた駅員さんには謝るしかない。しかし、「障がいのない人もエレベーターがなければ困る」と、駅員さんたちが声をあげてくれたことが強い力になったのである。

最近、北海道深川市のＪＲの駅にエレベーターを設置してほしいと、お年寄りたちが署名を集めて嘆願書を提出し、それが実現したことをニュースで知った。テレビの画面を見ながら私は心の手で拍手をしていた。そして「これからはちょっと楽ができるかもしれない。私たちがうるさく言わなくてもいいのかもしれない」と希望を抱いた。

「私もあなたのように暮らしたい」

札幌いちご会が始まってから、私はいろいろな入所施設を見学して歩いた。見学コースが決められていることもあった。案内してくれる職員の目を盗み、右に進むところを左に行ってみた。すると廊下の手すりに洋服や下着がたくさんかけられ、机が無造作に置いてあった。「乱れているところは見せたくないんだな」。私が施設にいたときも見学者の通る廊下はきれいに整理され、窓も廊下もピカピカに磨かれていたものである。

一九七八年、札幌の少し山奥にある施設を訪ねた。足を突き出し、身体を半分に折り曲げるように座って、片手で電動車いすを動かしている女性がいた。彼女は笑顔で「私、あなたのことよくテレビで観ています。本も読みました。私もあなたのように、思う通りに暮らしたいです」と言った。笑顔が輝き、心がひかれた。これがスウェーデン旅行のときにお金を送ってきたと紹介した茶木豊子さんとの初めての出会いであった。その出会いが、後に社会福祉法人アンビシャスを設立するきっかけとなったのである。

彼女はそれから何度も私に手紙を出し、自分の施設で札幌いちご会の会議をやってくれないかと要望してきた。そこで、障がい者何人かとボランティアで茶木さんのいる施設へ行き、会議を開いた。彼女は職員を説得して、部屋を借りて机といすをセッティングしたり、ジュースやお菓子を用意したりして私たちを待っていた。その心遣いに私は感動した。

私がまだ実家にいるとき、ボランティアさんと一緒に茶木さんが施設からわが家に遊びに来たことがある。彼女は胸と太ももがくっついたような格好なので、私の母はお風呂の介助に苦労していた。彼女はくり返し、「ありがとうございます。すみませんね」と感謝の言葉を述べた。彼女はあまり太るとヘルパーさんに抱えてもらえなくなると心配し、食事制限をしていた。「私、重くなったらどこへも行けなくなるもんね」と笑っていた。私は「あまり食べないと病気になるよ。ちゃんと食べて」と言った。

一〇〇万ドルの笑顔

一九八二年、結核を患い、実家のある名寄市の病院に入院していた彼女から、札幌の病院に転院したいと依頼があった。そこで私は市議会議員さんに病院を紹介してもらったが、介助者がいなければ受け入れられないと断られてしまった。ボランティアを必死に集めたけれど、間に合わなかった。その後、名寄市の病院で看護師さんから虐待を受けていると、ひらがなタイプライターで打った手紙で知らせてきた。彼女が心配で何度かお見舞いに行った。

笑顔が輝いていた茶木豊子さん(左)。

そのとき、茶木さんの実家に泊めてもらった。残された彼女の部屋にはまっすぐに立っている子どもの頃の写真があった。お母さんが写真を指さして言った。「豊子は歩いていたんだよ。手術であんな身体になるなんて思ってもいなかった」。部屋は使っていないのか、少しカビのにおいがした。そして、茶木さんのにおいも。

彼女は療養のあと、「福祉村」に移った。しかし、私たちが札幌でボランティアを集めて暮らしている様子を見て、自分も自立して札幌市で暮らしたいと思った。両親を説得するため、口に棒をくわえ、タイプライターのキーを打った。

ある日、電話をかけてきた。「小山内さん、もうだめだよ。親がうんと言わないよ。

どうしたらいいの」と言うと、泣きじゃくった。

間もなく彼女は私のアパートにやって来て、父親に電話をかけた。「だめだったらあきらめるから。お願いだから札幌で生活させてほしいの。絶対に迷惑かけないから」と訴えた。しかし父親は「だめだよ。また無理して病気になるだろう。人に迷惑かけてどうするんだ」と電話を切ってしまった。それでも茶木さんはまた棒をくわえ、ダイヤルを回した。父親は根負けして言った。「もう勝手にしろ」「勝手にしてもいいんだね。じゃあ福祉村を出て札幌で暮らすからね」。電話を切ると、彼女は「小山内さん、私札幌に来るからね。アパートを見つけてボランティアを探すよ」と、晴れ晴れとした表情で声をはずませた。「良かったね。これから大変だけど一緒に頑張ろうね」。彼女を励ましながら、私は彼女をどうサポートするか思いをめぐらせていた。

札幌いちご会には「二四時間テレビ」(日本テレビ)に寄付してもらったリフト付きバスがあった。スタッフが施設に迎えに行くと、茶木さんは電動車いすのまま乗り込んだ。札幌に出てきた彼女は、「札幌に来る景色が夢のようだった。うれしくて泣いてしまった」と感激した。そして、アパートでボランティアの支援を受けながら一人暮らしを始めた。

茶木さんの真剣さと明るさにたくさんの人が応援した。西村先生や北星大学の土橋先生、障がい者の支援活動に取り組んできた工房児地蔵の小野寺昌之さんらが茶木さんの両親に会った。何度も頭を下げ、「地域で生きることを賛成してくださり、ありがとうございました。私たちも頑張りますから」と感謝の言葉を述べた。こうして両親も安心して娘を札幌に送り出すことができた。

茶木さんの笑顔は一〇〇万ドルだ。みんな放っておけなかった。そういう応援団がいたからこそ、私たちはたくさんの人を地域に送り出すことができたのだ。

6 恋、結婚、そして出産

ヘルパーさんがレースの下着を買ってきた

二〇歳になったとき、私はちっともうれしくなかった。「障がい者だけの成人式があるので行かないか」と誘われたが、なぜ一般の人と障がい者とを分けるのだろうと思い、やめた。近くの美容室の人が心配して「美智子ちゃん、二〇歳の記念に日本髪を結ってあげようか。かわいい写真を撮ろうよ」と誘い、地毛で日本髪を結ってくれた。明日までもつようにと手拭いを何枚も巻いて寝たが、次の日にはくしゃくしゃになり、外に出かけられないほどだった。

恋愛の経験ができたのは、札幌いちご会をつくり、そして親から離れ、アパートで自立生活を行っていたからだと思う。いろいろな人と出会い、いろいろなところに行くと自分の価値観が変わってくる。木村浩子さんという先輩がいたので、いつか私は結婚できるという思いがあった。そして、「一〇〇人男性を口説いて、誰も抱いてくれなかったらあきらめる」という考えが浮かんだ。素直な気持ちで自分の心の赴くままに原稿を書いていると、共感して人がやって来る。その中から友情が生まれ、尊敬が生まれ、愛が生まれる。アパートの一室でその後、何回振られたか、足の指で数えてみる。足指が足りなくなる。私は人間なんだ、女性なんだと、いつも自分に言い聞かせていたような気がする。

自立生活を始めた頃は若いボランティアさんが多かった。私がおばさんくさい下着をつけていると、赤とか黒のレースの下着やコンドームを買ってきてくれた人もいた。「小山内さん、男を口説くためにはこういう下着が必要なのよ」。ありがたいことだが、隠しておくのに困る。母に見つかると怖い。レースの下着はタンスの奥の方に細く折りたたんで仕舞い、コンドームはレコードの間に挟んだ。どうせ使う日は来ないと思っていた。

ある日、母がその下着を見つけた。「みち、こんなに薄い下着、買ってどうするの！おなか冷えるでしょう」と言って捨ててしまった。それからレコードの間に挟んだコンドームが心配になり、眠れなくなった。母に見つかったらもっと怖い顔をされる。足指でレコードの間からコンドームを抜き取って捨ててしまった。その日からぐっすり眠れるようになった。

母は私のアパートの部屋の合鍵を持っていたので、予告もせずに突然やって来る。恋人はいなかったが、黙って鍵を開けられるのは嫌だった。「母さん、鍵返して」と言いたかったが言えない。障がい児を持つお母さん、どうか子どもたちにプライバシーを与えてくださいと、いまなら言える。

一二歳年下の彼との恋

失恋をくり返しながら、私はそれを楽しんでいた。恋愛はお酒よりも心地良かったが、三〇歳になっていた。子どもを産まなくては本当の意味での良い原稿は書けない。障がい者運動もできない。そして、少しでも若いうちに産まないと体力が持たないと思った。

その頃、札幌いちご会は少しずつ軌道に乗り始めた。ボランティアだけでは限界があったので職員を雇うようになった。職員と言っても、三食を食べられないほどの安い給料である。職員は障がい者の家をケアしながら歩き、一緒にごはんを食べていた。しかし、貧しさの中にも笑顔と熱意があった。

私は自立生活を始めてから生活保護を受けていた。父が商売をしていたので、生活保護を受けるのに相当の時間がかかった。ケースワーカーが何度も父に会いに来て、「娘さん一人くらい食べさせられないのですか」と言ったそうである。「父さん、絶対に首を縦に振ったらだめだよ。私が死ぬまで一生父さんが生活費を出せるわけではないでしょう」と、私は言い張った。父は難しそうな顔をした。「それはわかるけどな……。お前を抱えていた方が税金も安いんだ。お前の生活費よりも税金が高くなるんだ」。私は納得しなかった。「それでいいんじゃない。ほかの障がい者のためにもたくさん税金払えばいいのよ」。

注●障害者が生活保護を受けて自立生活をすることに違和感を持つ読者がいるかもしれない。しかし当時、障がい者の年金はごく少額で、全国でぽつぽつと始まっていた障がい者の自立生活への試みには生活保護費（生活保護費は満額でなく、障害福祉年金を差し引いた額）の受給が不可欠だったのである。

西村秀夫先生は、その頃、「真の自立とは」のタイトルで、そんな障がい者の事情を北海道新聞に寄稿している［一九八三年七月八日付朝刊］。

「働けない障害者、働いても働いても、生活を支えるだけの収入を得られない障害者は、家族か社会福祉の保護に頼らざるをえない。家族に迷惑をかけまいとすれば、施設に入るか、生活保護を受けるかである。保護を受けている限り、『一人前』とは見られない。『障害者は人間ではない』と公言する人は、あまりいなくなった。しかし、邪魔者扱いする気持ちは、人々の心の奥にしみついており、障害者を閉め出してきた社会環境はいたるところに残っている。

『保護を受けないで生活したい』と障害者は願っている。その自立を実現するための第一条件は、所得補償である。生活保護費程度の金額を、屈辱なしに受ける年金制度の確立ができれば、事態は相当楽になるだろう。(中略)自立とは自分の人生を自分で選ぶということである。

『日本では、重い障害を負った人が自立生活をするには、スーパーマンにならなければできない』と(米国で自立生活の援助活動をする)エド・ロング氏は言った。しかし、生活保護を受けながらも地域で自立生活を送り、それが施設内の生活より良いことであることを、証明しようとしている障害者たちが北海道にもいる。代表的な実例は、小山内美智子さんを中心とする『札幌いちご会』である。決してスーパーウーマンではない彼女に、それができているのは、どん底で生きてきた人に共通している底抜けの明るさと、強靭な生命力、そして彼女の考えに共感して集まってきたボランティア達の協力があるからだ。(中略)自立は孤立ではない。障害を乗り越えて共に生きる関係にこそ、真の自立はあるのだ」

私のもとに現れたYさんは、父と同じ酪農学園大学の学生であった。男性障がい者がボランティアを探していたので、私たちのアパートの空室に住んでもらうことにした。

　ある日、私は失恋して新聞紙を一人で破いていた。Yさんがやってきて、私の涙をふいて、一緒に新聞紙を破いてくれた。変な人がいるんだなと思った。彼は「明日から僕、小山内さんの歯を磨いてあげるよ。ヘルパーさんが来る前に顔をすっきりしておこうよ」と言った。彼は私より一二歳年下である。「困ったな、好きになったらどうしよう」と迷った。それから彼は毎朝私の洗面をしてくれ、私は彼に料理を教えてあげた。

　彼はとても手が器用だった。目にまつ毛が入ったときもすぐに取ってくれる。若いから目が良いのかなと感心した。まつ毛を取ってもらっているうちにキスをしてしまい、心までとられた。私は手が使えないので、手の器用な人にほれる傾向があった。

　彼と付き合っていることを知り、札幌いちご会のボランティアの仲間たちは「小山内さん、一二歳も年下の人を口説くのは犯罪だよ」と忠告した。しかし、私は犯罪的なことでもしないと、私と結婚して子どもをつくってくれる人などいないと、心の中で言い返した。

　彼と抱き合っているときは快感もあったが、ケアを受けているときの方が気持ちが良かった。あるとき、ボランティアさんがお風呂で私を転ばせてしまった。そのとき彼は「大切な人なんだから気を付けてください」と強い口調で言った。愛されていると感じた瞬間だった。

実は、彼には私のところにボランティアに来ていた若くてかわいい恋人がいた。私はそれを知っていた。彼はどっちをとろうかと悩んでいた。それを感じた私は「若い子の方がいいよ。かわいいものね。行きなさい」と言った。ある夜、彼は「彼女に別れようと言ってくる」と告げて出て行った。もう帰ってこないかもしれないと諦めかけたが、彼は戻ってきた。二人の同棲生活が始まった。

九〇人集まり、婚約パーティー

その頃、私は北海道中の人たちから見られていた。こっそり同棲を続ける芸当はできない。結婚してマスコミに発表しなければいけないと思った。しかし、彼に結婚が早すぎることは私にもわかっていた。彼と一緒に私の実家に行ったとき、素足で下駄をはいていた。礼儀作法を知らず、ちょっと残念だった。しかし若いからしょうがないのかと思い直した。

台所に立っていた母は、彼と結婚したいと告白すると腰が抜けたように座り込んでしまった。「どうして？　彼はまだ子どもでしょう。だめよ。もっと良い人がたくさんいるでしょう」と言うと、泣いてしまった。私は「母さんごめん、私早く結婚したいの。彼はものすごくケアがうまいの。こういう人にはもう巡り合えない。失敗してもいいの。彼の子どもがほしい」と言うしかなかった。母は立ち上がることがなかなかできなかった。「そうかい、あんたがそう言うならしょうがないかね。でも向こうの親は反対するよ。どうするの?」。本州にいる彼の両親が結婚に猛反対していた。

結局、結婚式ができないので婚約パーティーをすることになった。母はピンクのレースのドレスを買ってくれた。京子ちゃんはパーティーの案内状を書くために、マスコミの人たちに切手代の寄付を呼びかけていた。父は彼の両親が来ると信じて、別に結婚式場を用意していたという。九〇人が集まり、婚約パーティーは終わった。一九八四年七月、三一歳のときである。

妊娠した喜び

私は結婚しても名字を変えなかった。変えたい気持ちはあったが、名字を変えるとなると、札幌いちご会の持ち物をすべて名義変更しなければいけない。夫には小山内姓になってもらった。バイトをしながら札幌いちご会のボランティアをする彼は、書類や会計などの仕事を見事に覚えていった。何年か後には彼に札幌いちご会を任せて、私は家で原稿を書いたり、遊びに行ったりして気楽に過ごしたかった。しかし、そういう過ごし方は良くないこともわかっていた。「障がい者運動は障がいを持たない人が行ってはいけない」と、西村先生から教えられていたからだ。

結婚して六か月が経っても妊娠しなかった。妊娠できなければ養子をもらおうと考えたこともあったが、他人の子どもをうまく育てられるのか、自信はなかった。

何かのパーティーに行ったとき、ストローでビールを飲もうとし、そのにおいで吐き気がした。「どうしたのだろう、胃を悪くしたのか」。その日からお酒を受けつけられなくなった。間もなく風邪を引き、病院にかかった。医師は首を傾げた。「困ったね、風邪治らないね。最近変わったことはなかったかい?」。私が「一つだけあります。結婚したんです」と言うと、医師は「本当かい。おめでとう。名字が変わらないからわからなかったよ。すぐにおしっこをとって来てください」と指示した。妊娠の疑いがあるというのだ。

検査の結果、妊娠三か月とわかった。医師は「今日から薬はすべてやめるんだよ。風邪薬も緊張をとる薬も全部だめです」と言った。中学生のときから飲み続けている睡眠薬をやめるのにはちょっと抵抗があった。でも、妊娠を知った日から夫の腕が私の睡眠薬になった。おなかが大きくなることに喜びを感じ、どんな子どもが生まれてくるのかと期待を膨らませた。おなかが大きくなると、自宅の小さなお風呂場が使えなくなった。銭湯でお風呂に浸かった。その後、市から「全身性重度障害者介護料助成事業」として、介助者に介助料が支払われるようになるのだが、そのときはまだ制度がなく、介助者を二人にしてほしいと市に訴えた。市はそれを受け入れてくれた。いまでは障がいの重い人にはヘルパーさんが二人ついて入浴するのが当たり前になっている。

おなかがさらに大きくなると、私は立ち上がることすらできなくなった。おなかが重くて仰向けに寝ていられなくなり、横になっても重かった。「この赤ちゃん、ずいぶん大きな赤ちゃんなんだろう」と想像した。妊娠八か月のとき、東京から講演の依頼があった。「医師に相談すると、「東京は良いお医者さんがたくさんいるから大丈夫ですよ」。講演会では「妊婦の思い」を語った。障がい者たちは「おめでとう。良かったね」「私も結婚したいな」と、代わる代わる私のおなかをなでた。私は「愛嬌と度胸があれば結婚できるよ。頑張ろうね」と励ました。

会場で重い障がいを持った女性が涙ぐんでいた。自分が将来私のようになれるか不安だったのだろうか。だが、私が子どもを産むことによって、障がい者であっても母親になる人が増えるかもしれない。

帝王切開で無事に出産

私は九か月になるまでは普通分娩で子どもを産むつもりだった。しかし、赤ちゃんの頭が大きくなりすぎて骨盤に引っかかるという。それまで四つんばいでヒー、ヒー、フーと産む練習をしていたのに、帝王切開になった。医師は「この子の頭、大きいですよ。頭の良い子が生まれますね」と慰めてくれた。その頃は、私のような重度の障がい者が子どもを産む例はほとんどなかったので、ほかの医師も揃う日が選ばれた。

一九八五年五月一〇日、三三五〇グラムの男の子が生まれた。名前を「大地」とつけた。かつて聞いた牧師さんの話の中で、「神は天にいると言われるが、私は地にいると思います。地からいろいろなものが生まれ、人間の命を守っています。大地は素晴らしいエネルギーを持っていますゝ。だから人間は常に大地を守っていかなくてはいけません」という言葉があった。それに感動した私は、男の子なら「大地」、女の子なら「地香」と名付けようと、二人で決めていた。

周りの人たちは「小山内さんの表情が柔らかくなって、おなかもそんなに大きくないから女の子よ」と、口をそろえた。赤ちゃんを取り上げた助産婦さんが、「元気の良い男の子ですよ」と教えてくれた。軽かった麻酔がすぐに切れた。「かわいいでしょう」。看護師さんが私の顔に大地をくっつけてくる。おなかが痛いのに初乳をあげなければいけない。助産婦さんがおっぱいをぐいぐい揉む。頭が狂いそうなほど痛い。もう子どもを産むのはまっぴらごめんだと、そのとき思った。

7 子育てと別れ

障がいがあると知って嘆いた母親

大地を産んだ一週間後、私はやっとわが子がかわいいと思い始めた。病院でガラス窓から横たわっている赤ちゃんたちを見比べた。親というのはわが子をひいき目で見るものだ。私も「うちの子が一番だ」と信じた。

一〇日くらい経ったとき、同じ日に出産したお母さんたちが集まる機会があった。あるお母さんは赤ちゃんに何か障がいがあると言われていた。「そんなのはうそです！　先生もう一度よく診てください」。私を指さし、「この人の赤ちゃんには障がいはないのですか？　そんなの不公平です」と言って、泣いた。先生は困り果て、ほかのお母さんたちを部屋に戻し、そのお母さんと話をしていた。そのお母さんは、健康な体から障がいを持つ子どもが生まれることが信じられず、受け入れられなかったのだと思う。

私は彼女に「大丈夫よ。障がいを持っても楽しく生きられますよ」と言ってあげたかった。真似事(まねごと)でもいいからカウンセリングをしてあげたかった。そして私の母が私を一生懸命育ててくれたことを伝えたかった。障がい児を持つお母さんを元気づけるのは医師でも助産師さんでもない。障がい児を育ててきたお母さんであり、楽しく生きてきた私たちが話をすることなのだ。それはのちにピアカウンセリング（障がい者当人が障がい者のカウンセリングをすること）と言われる仕事に結びつくことになる。

私は母のように、大地を育てようと思った。

息子の子育てにみんな協力してくれた

私が出産したことが北海道中の新聞に載った。息子の大きな顔写真が載り、それらの新聞記事は病室の壁に貼られた。それを眺めながら、「これから何が起きるかわからない」と不安になった。息子を連れて家に帰ると、母は青い花模様のかわいいおくるみを持ってきて着せた。そのおくるみはとても似合っていてかわいかった。全国からお祝いの品々が届いた。父は気を利かせて三人の写真を撮り、親戚中に配った。

私は母乳が少し出た。どうやってあげようか。大工さんに、木で横長のテーブルをつくり、囲いをつけ、おなかにあたるところをくり抜いてもらった。息子をテーブルの上に載せておっぱいをあげようとした。ところが、私の乳首がなかなか口に入らない。足をバタつかせ、大きな声で泣いた。

結局、ベッドに一緒に寝た。大地は私のおっぱいにはい上がってきた。私は豚のように横向きに寝転んで、おっぱいをあげるのに成功した。しかし、おっぱいの出はあまり良くなかったので、ミルクもあげなければならなかった。若いお父さんは、何度も何度も手に哺乳瓶を当ててミルクを飲ませていた。

全国から波のように、わが家に人々が押し寄せて来ては、息子を抱いて満足して帰っていく。「大地君は人見知りしないのね」と言われたが、人見知りする暇もなかったのである。住み慣れたアパートは狭すぎて、もう少し広いところに住みたくなった。あちこちアパートを探した。夫が不動産屋に行くとすぐに見つかるのだが、私が後から行くと急に態度を変え、「ここはもう決まってしまったんですよね」と断られた。

何軒もアパートを探しているうちに、私たちを理解してくれる大家さんと出会った。近くに大きな公園があり、グラウンドもあった。公園には人工の池があり、ボートにも乗れる。申し分のない場所であった。

生後六か月になると保育園に預けた。とても良い保育園で、みんな裸足で歩いていた。

やがて漢字やアルファベットや算数や料理を習ってきた。私は雪がとけると電動車いすで迎えに行った。「大地～。帰るよ」と言うと、子どもたちは「大地くんのお母さんが来たよ。あの車に乗ってみたいな」とせがんだ。「これはね、車いすというんだよ。乗ってみたい？」と言うとみんな手を挙げた。「今日は三人だけよ」と言って、子どもたちを一人ずつひざに乗せ、足で車いすを動かした。

先生方もその光景をにこにこしながら見守った。先生が「大ちゃんのお母さんいいね。みんなに優しいね」とほめると、「お母ちゃんはぼくのものだよ」と言って、私の首にしがみついた。大地には「お父ちゃん」「お母ちゃん」と呼ばせていた。保育園に通っていた幸せな日々はいまでもよく夢に見る。

遠足のときには、ほかのお父さんたちが私をおぶって山に登ってくれた。平らなところはみんなが交代で車いすを押した。地域のお母さんたちも、講演で忙しい私に代わって大地をごはんに誘ったり、温泉やレジャーランドに連れて行ったりしてくれた。そしてお金を受け取ってはくれなかった。

お母さんたちやボランティアさん、ヘルパーさんも「かわいいね」と言って、抱き上げてくれた。私も一度でいいからこの手で息子を抱きたいと思った。

みんなに息子をとられてしまわないかと心配したほどだ。二人きりで遊ぼうと、私はままごと道具や粘土、シャボン玉、絵本を買ってきて、足で一緒に遊べるものを考えた。ままごとは特に受けた。「いらっしゃいませ！　今日は何を食べていきますか？　ハンバーグにサラダがいいですか？」。息子は「ハンバーグ、おいしいね」と、おもちゃを食べたふりをした。「今度はお母ちゃんが食べなさい」と言って、おもちゃのフォークを私の口に持ってきた。

私は子育ての講演や原稿の依頼が多く、おっぱいは出たが、忙しくて四か月でやめた。おっぱいを氷で冷やして出ないようにしたのである。助産師さんに「九か月くらいまであげるのが理想なのよ。おっぱい出ているじゃない」と怒られたが、「すみません」と謝るしかなかった。仕事と育児のどちらをとるか、頭が痛かった。母は私が疲れていると、息子を実家に連れて行き、抱いて寝てくれた。

それでも私はもう一人子どもがほしいと思い始めていた。今度は女の子がいいなと。

薬局で「あなたに紙おむつはいらないわよ」

ヘルパーさんやボランティアさんがいるときは、息子を動かないように捕まえ、おしめをあててくれていた。私と二人きりのとき、こんなことがあった。「動いたら死ぬよ。死ぬのは怖いよ」と脅かした。ヘルパーさんがいるときはキャッキャッと言って部屋中を動きまわるのに、私だけになると突然おとなしくなり、私の顔を見て動かなくなる。「これからおしめ取りかえるからね。協力するんだよ。わかったね」と強い口調で言うと、プクプクの足をピーンとのばした。おしめをあてやすい格好をしてくれたのである。「よし、あなたは頭が良い子」と言って足でおしめをあて、ズボンをはかせて、ポンとお尻をけとばした。ニコニコ笑って私の足にまとわりつく。そして、私の足の親指をチュウチュウ吸った。

離乳食も早かった。おかゆに魚や野菜を入れてミキサーにかけて食べさせた。ヘルパーさんが来て、「この離乳食に味がついているの?」と言われ、翌日から塩や砂糖、バターなどを使って味付けをした。

おむつといえば、こんな出来事があった。電動車いすで薬局に紙おむつを買いに行った。「紙おむつを一袋ください」と言うと、薬局の人は「あなたには紙おむつはいらないでしょう」。「何でもいいから赤ちゃんの紙おむつを売ってちょうだい!」と頼むが、店員さんは信用してくれない。

次の日、抱っこひもで息子を連れて薬局に行った。店員さんは目を丸くした。「赤ちゃんいたんですか!」。奥から経営者の白髪のおじさんが出てきた。「あなた、新聞に出ていた方じゃない。かわいい赤ちゃんですね。これからは気を付けます」とわびた。その薬局

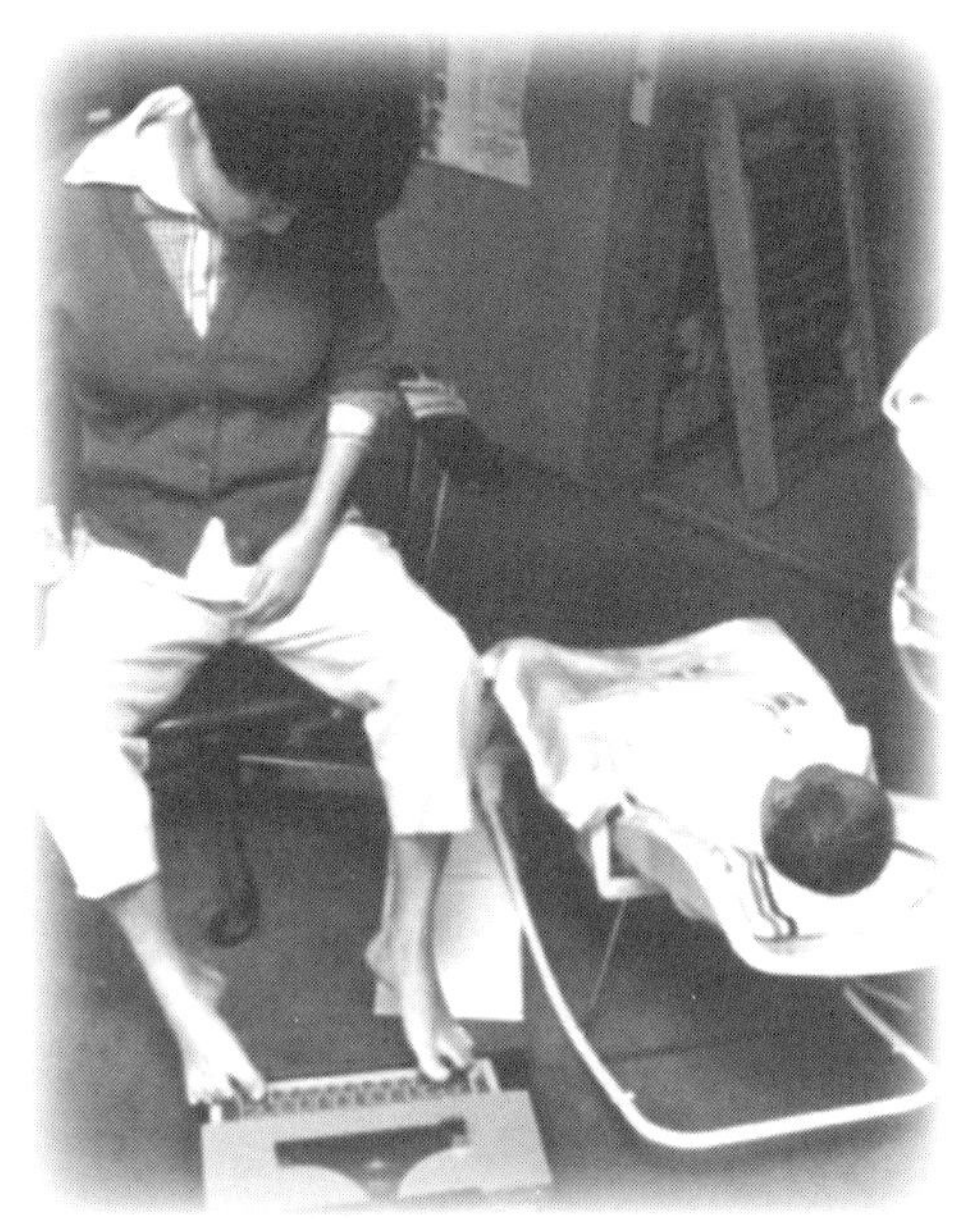

大地を傍らに、タイプライターで原稿を書いた。

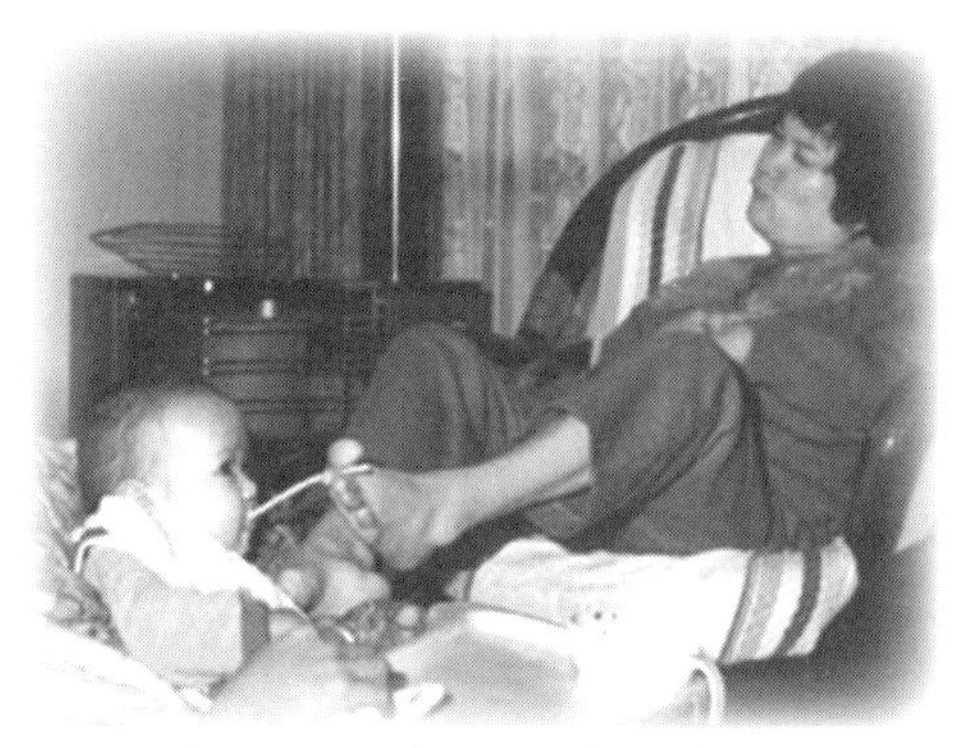

「はい、どーぞ」。スプーンを口に運ぶ。

の入り口にちょっとした段差があった。だが、間もなく簡単なスロープがつけられた。うれしくなった。障がい者が母になると、こういう面白いこともある。「社会の段差」がちょっぴり低くなったのだ。

幸せな時間は長くはなかった

結婚して四年目くらいからか、夫の態度が変わってきた。私が一生懸命語りかけても返事をせず、遠くの方を見つめている。違うことを考えているようだ。

ある日、夫はボランティアに行くと言い、私が買ってあげた服を全部ベッドに並べ、どれを着て行こうか悩んでいた。ボランティアに行くのに、なぜそんなにおしゃれをしなければいけないのかと不思議だった。それが別れの始まりであった。

そのうち彼は「一人になれる時間がほしい」と言って、別のアパートを借りるようになった。彼は若いので少し疲れたのだと私は思っていた。しかし、帰ってくる時間がだんだん少なくなり、そしてある日、「札幌いちご会は一緒にやっていくが、小山内さんとは離婚したい」と告げた。夢を見ているようだった。私に魅力がなくなったということなのか。

彼は広告のはがきを手にした。「あなたには手紙があふれるように来る。人も訪ねてくる。いつも小山内さんだ。でも僕にはこの広告のはがき一枚しかこないんだ」。その頃の私は幸せにおぼれて、毎晩お酒を飲んでは友だちに電話をかけていた。少し鼻が高くなって幸せぼけしていたのだろう。どちらが悪いということではない。

離婚はしたが、彼と息子との関係が切れたわけではなかった。彼は息子を迎えに来ては、「遊びにいこう」と誘った。帰ってくると息子は大粒の涙を流し、「お父ちゃん帰らないで。この本読んでから帰って」と絵本を抱いた。私の手と彼の手をつかんで「仲良くね」と言った。このシーンを思い出すと、いまでも涙が出そうになる。

私は何か月間か、毎日ウイスキーの瓶にストローを差して飲んでいた。やけ酒である。世界中の人から嫌われたように感じた。私が泣いていると、大地は「お母ちゃん大丈夫だよ。ここにいるよ」と言って、小さな手で涙をふいてくれた。そんな私の話を聞きながら、「札幌いちご会を手伝うから、僕と一緒に生きよう」と言ってくれた人もいる。しかし、そんな言葉はもうあてにしなかった。恋愛は好きだが、結婚はもうこりごりだ。それでも息子のかわいい手を見ると、やっぱり別れた夫に感謝した。「こんなにかわいい宝物をくれたのだから、もう放っておこう」。

母も離婚してしまった

ところで、私たちが離婚する少し前に、私の両親も離婚していた。父が温泉に行っている間に母は引っ越し屋さんに頼み、必要な家具をすべて、私のアパートに近い別のアパートに移した。温泉から帰ってきて母がいないことに驚いた父は、私に電話をかけてきた。「みっち、部屋に何もないんだ。お母さんがいない。どこに行ったんだ」。泣きそうな声だった。「父さん、何か心当たりないの？　母さんにまた冷たくしたんじゃないの？　父さんばっかり温泉に行って」と言うと、父は「俺の働いた金で何やろうと勝手だべ」と減らず口をたたいた。

母は家庭裁判所に離婚調停の申し立てをした。慰謝料をもらうために、私に一緒に行って証言してほしいという。母と父は別室に呼ばれ、それぞれ意見を聞かれた。父は慰謝料の提示額を見て、「私が稼いだお金はすべて私のものだ」と言い張っていた。私は裁判官に、「父はいつもそういうことを言っています。でも結婚して母が畑仕事や父の仕事を手伝い、子どもを二人も育ててきたんです。すごく苦労してきた人です。父の言い分はおかしいです」と述べた。裁判官は「娘さんの言う通りですね。夫婦のお金の半分は奥さまのものです。娘さんの言葉が一番重いですよ」と言った。

両親が離婚した日、母は「離婚できた！　離婚！　離婚！」と、阿波踊りのように踊っていた。縛られていた父の「手錠」が外れたのだろう。離婚すると、減っていくお金が心配になった母は居酒屋で働くようになった。お客さんからお酒を勧められても母はお酒が飲めなかった。バケツをテーブルの下に置いて、ビールを空けていたそうだ。

見かねて私は「一緒に暮らそう」と誘った。母は引っ越してくると、孫のそばに居られることをとても喜んだ。前の夫から毎月養育費を受けていたので、そのお金をすべて母に渡した。それから母は安心して暮らせるようになった。母が息子を見てくれるおかげで、私も札幌いちご会の仕事を続けることができた。

一か月に一度お金を渡すたびに、母は必ずといっていいほど私の洋服を買ってきた。「母さん、いいんだよ。たまには自分のものを買っておいでよ。そのためにあげているんだから」と言っても聞こうとしない。「あなたは何百人もの前で話をしているでしょう。古い洋服を着て話してもだめなの。髪型から顔から洋服から靴までおしゃれをしないと。いくら良い話をしても真実味がないでしょう」。髪型を整えるのと化粧は自分の仕事だと言って、ヘルパーさんを寄せ付けなかった。それが母の生きがいだったのかもしれない。

住宅ローンを組んでマンションを購入

札幌いちご会が後に社会福祉法人を設立してから、私は家から車で片道一時間かけて施設に通うことになった。しかし往復二時間は辛い。そこで職場の近くにマンションを買おうと思った。

親しい友人からお金を借りればいいやと安易に考えていた。そのことを札幌いちご会にたくさん寄付をしてくれていたおじいさんに相談すると、心配して千葉から来てくれた。「小山内さんはね。いままではあまりにも温かな善意の中で生きてきたんだよ。これからはそうはいかない。私はあなたの泣く顔を見たくないから、厳しいことを言わせていただきます」。そして「私は小山内さん個人を応援しているのではなく、札幌いちご会が好きだからこそ、小山内さんを放っておけないんだよ。誤解しないでね」と言った。

私は頭を殴られたようなショックを受けた。おじいさんは三回も札幌に足を運び、私に住宅ローンを紹介し、銀行と交渉してくれた。総合施設長として給与を得られるようになって初めてローンを組んだ。私の義兄が保証人になってくれ、銀行は私が足指でサインできるように書類を大きく印刷してくれた。

こうして窓の大きなマンションを買うことができた。母はその窓を見て、「すごいね、大きな窓。母さんこんな家に住みたかったんだよ。親孝行してくれたね」と喜んだ。母のうれしそうな顔はいまでも忘れられない。

母が息子を育ててくれた

一九九〇年頃、私が住むアパートの周辺は一軒家と二階建てのアパートが多かった。夕方になると隣近所から「大ちゃん、ごはん食べにいらっしゃい」と誰かが声をかけてくれた。大地が靴をはいて行こうとすると、母は「だめ。たまには家で食べなさい。あなたは乞食じゃないんだから」と怒った。物心ついたときから、母は自分のことを「あーちゃん」と呼ばせていた。大地が「あーちゃん、今日はあの子の家の誕生日会なんだ」と言うと「プレゼント買っていきなさい」と言ってお金を渡していた。

私が離婚したとき、母は大地を抱き、「この子にはさみしい顔は絶対にさせない。それが私の役割だよ」と語った。ある日、母は「今日は疲れた。寝るからね。二人でご飯つくりなさい」と言って寝てしまった。「大地どうする？　私が教えるから野菜炒めつくるかい？」と言って、キャベツやニンジン、タマネギ、お肉の切り方を教え、野菜炒めをつくって食べた。母がむっくり起き上がり、「私もおなか空いてきた。野菜炒め残っているかい？」と尋ねると、食べ始めた。母は仮病を使っていたのだと思った。自分が先に死んだ後は、二人で助け合い、生きていくんだよと教えたかったのだ。

息子が生まれたときからいつも家には誰かがいた。障がい者の家族の中には、「ヘルパーさんが来るとプライバシーがなくなる」と嫌がる人がいる。彼にもそういう時期が来るかと思っていたが、思い過ごしに終わった。土曜日の午後にはボランティアさんが来ない日もある。そんなとき、私は「今日は大地がボランティアだよ。お母ちゃんのトイレも手伝ってよ。お風呂もね」と言うと、小学生になった彼は見事にこなしてくれた。

ケアは小学生のときが一番うまかったような気がする。私が生理になったとき、血液を見てびっくりして「お母ちゃん、救急車！　救急車！」と叫んだ。「あぁ、これはね、女の人に月に一回くるもので、赤ちゃんが飲む血液なんだよ。いまお母ちゃんのおなかには赤ちゃんがいないから出てくるんだよ。こういうときはおなかがすごく痛いの。だから大地も女性を助けてあげるんだよ」と性教育した。

息子とスウェーデンへ

私は息子と一緒にスウェーデンに行きたいと思っていた。早く行きすぎてもスウェーデンのことを忘れてしまうし、中学生になると勉強が忙しくなる。それに私が初めてスウェーデンに行ったとき、宿泊先の韓国人のケアアシスタントが「九歳で外国に行くと一番記憶に残る」と言った言葉を覚えていたので、それにならおうと決めていた。

一九九四年、九歳になった夏休みを利用して、一か月間スウェーデンに出かけた。最初、私と同じ障がいを持ったオーサの家でホームステイをした。オーサは足で料理をするのに床が汚れていた。床の上にまな板を置いてサラダをつくっている。オーサは日本語がわからないので「大地、モップを持ってきて床を拭いてちょうだい」と頼んだ。その日からオ

スウェーデンを再訪し、オーサ(右から2人目)とストックホルムの街中へ。
帽子をかぶっているのは息子。

ーサの家では、床掃除が息子の仕事になった。それでもオーサの家はボタン一つで何でもできる。「すごいねお母ちゃん。うちもこうなるといいのにね」。彼は目をくりくりさせて、あちこちのスイッチを押し、どこが変わるか試した。

その後、私たちはオーサの家を出てキャンプ場のロッジで生活することにした。そこには電動ベッドやリフトもあり、障がいの重い人も楽しめるようになっていた。プールもあり、障がいのある子どもたちが朝早くからスタッフと楽しんでいる。スタッフは障がいの重い子どもたちを高いところからプールへ投げて下のスタッフに渡すという、きわどくスリリングな遊びをしていた。子どもたちがスタッフたちにケーキをぶつけるゲームもしていた。バーベキューは、スタッフが固い肉を手でちぎり、子どもたちに少しずつ食べさせていた。日本でいう夏休みの児童デイサービスなのだろう。
四、五歳の子どもたちは立派な電動車いすに乗っていた。「まだ小さいのに、電動車いすに乗せたら歩けなくなってしまうのではないか」。そんな心配をスタッフに話すと、こんな返事が返ってきた。「子どもたちは自分の考えで行きたいところに行くということが大切なんだ。考えを抑えつけたらいけないと思うよ」。私はそのとき、日本とスウェーデンではリハビリの基本的な考え方が違うのだと感じた。スタッフは全員が理学療法士と子どもたちと遊ぶ資格を持っていた。息子には、私のおなかの中にいるときから理学療法士になってほしいと思っていた。私が九歳の頃、とても痛いリハビリを行っていた先生がいた。そんなことが繰り返されないように、彼に願いを込めていた。

8 社会福祉法人の設立を目指して

ケア付き住宅がほしい！

大地が生まれた年の一九八五年、北海道庁の福祉課長（現・障がい者保健福祉課）に厚生省（現・厚生労働省）から出向した浅野史郎さんが就いた。北海道庁は厚生省から交代で人を送られてきていた。その頃、札幌いちご会はケア付き住宅を実現する委員会を発足させ、北海道庁に実現を求めて陳情を繰り返していた。私たちのお手本になったのが、スウェーデンで見たフォーカスアパートだった。一九八三年に初当選した横路孝弘知事はケア付き住宅を公約にしていて、札幌いちご会も期待を抱いていた。

実は横路さんと札幌いちご会は不思議な縁があった。横路さんは東大生だったときに学生結婚し、その仲人を務めたのが西村秀夫先生だったという。西村先生の縁で妻の由美子さんが札幌いちご会を知ることになり、一週間に一回ボランティアをしてもらっていた。由美子さんはこう言っていた。「ケア付き住宅とヘルパーの派遣制度が必要だわ」。それが夫の公約になったのかもしれない。人の縁とは不思議なものである。

浅野さんの第一印象は「また嫌な男が現れたのか」であった。「課長と話してもらちがあかないのよ。部長を呼んできてください」と伝えると、浅野さんは「わかりました。でも今日はぼくによく話を聞かせてくださいませんか？ 最後まで聞きますから」と丁寧な口調で、優しく話しかけてきた。いつものお役人とはちょっと違うなと感じた。

浅野さんは年金局の課長補佐時代、障害福祉年金があまりに少ないため、老齢基礎年金と同じ形で障害基礎年金制度をつくろうと頑張った人だった。横路知事の公約であるケア付き住宅の実現が浅野さんの仕事になった。東京の友だちから電話があった。「浅野という課長が行っただろう。あの人はちゃんと話を聞く人だからケンカはしない方がいい。よく話し合いなさい」。なるほど心の正しい人なんだなと理解した。

三回目に会ったときからケンカ口調はやめ、静かに話し合うようになった。浅野さんは「そうだよな、小山内さんたちはそうしてきたのかい。よくわかるよ」と、私が何を言っても否定しなかった。後に浅野さんから聞いた話だが、浅野さんが北海道庁に出向するとき、上司から「浅野君、北海道では小山内美智子に気をつけろ。好き勝手言って、そんなやつの言うことばっかり聞いていたら大変だ」と忠告されていたという。

浅野さんは公営住宅法を使ってケア付き住宅を造ろうと考えていた。日帰りで東京に行って、法律を所管する建設省（現・国土交通省）を訪ねては説得を重ねていた。身体が疲れて倒れないかと心配することもあった。道議会は、横路さんを支える与党会派は少数派で、自民党の野党会派はケア付き住宅に批判的だった。「一般の人たちと一緒に住むのは危険だ」「入れる人と入れない人がいるのは不公平」「陳情している一部の障がい者の言いなりになるな」と批判した。結局、広い土地がありながら、障がいのない人と共に生活するというのではなく、障がい者ばかり八戸（世帯二戸、単身六戸）の小さな住宅をつくることが決まった。それでもなお、「募集しても集まるのか」と疑問視する議員もいた。

抽選で札幌いちご会から一人だけ入居

翌一九八六年、札幌市内にケア付き住宅が完成した。だが、失望することが起きた。ケア付き住宅の入居者が抽選で決まることになり、札幌いちご会で運動した人は一人しか入居できなかったからである。運動をしていた頃、私たちは抽選で入居が決まると知らされていなかった。私は浅野さんに「三分の一でもいいから、ケア付き住宅を求めて運動をしていた団体やグループの障がい者を試験的に入れてほしい」と要望していた。

間もなく浅野さんから、便箋で一五枚ほどの厚い手紙が来た。自分の力が足りなかったこと、公平にするには抽選にせざるをえなかったことなどが率直に書かれていた。それを読み終え、私の煮えたぎっていた心はおさまり、次の運動を始めようと思った。

浅野さんは北海道で様々な障がい者と出会ったことで、その後知的障害者の世界にのめり込んでいく。一九八七年に厚生省へ障害福祉課長として戻り、知的障害者が施設を出て地域で生活するため、グループホームの普及・拡大に力を入れた。宮城県知事になってからも障がい者問題に取り組んだ。

市議会議員も大学の教員の話も断る

ケア付き住宅に入れなかった私に、「なぜ小山内さんが落とされたのですか？　小山内さんたちが運動してきたのだから、半分くらいの人が入ってもいいのではないですか」と、いくつかの新聞社から電話があった。私は「安心して生きていける人がいるので今回はあれでいいんです。私たちはまた違う方法を考えます」と取材を断った。浅野さんとの約束があった。この件で絶対にマスコミに不満を語らないでほしいと、手紙に書かれていた。浅野さんを心から尊敬していたから、私はその約束を守った。浅野さんは厚生省に戻ると、札幌いちご会から切手をたくさん買って応援してくれる企業を探してくれた。

札幌市議会議員選挙に出ませんかという誘いがあったのもその頃だ。私は一期くらいならと思い、浅野さんに相談した。「あなたは議員にならなくても、もう議員以上の仕事をしているのですよ。あとはバッジをつけるかつけないかの違いではないですか」。また納得してしまった。宮城県知事になった浅野さんの誘いで、県の懇話会の委員になったり、県立看護大学の客員講師になったりした。「看護師の学校にはあなたのような障がいを持つ人がいた方が良いんだ。宮城県に移ってこないか？　真剣に大学の先生をやってください」と誘われたこともあった。光栄なことだ。しかし、日本中の看護大学に障がい者がいるべきだということは間違いないが、浅野さんが知事を辞めたときに、私も捨てられるのではないかと思い、断った。やはり札幌で運動を続けることが一番良いのだ。

札幌いちご会からケア付き住宅に入ったのは鹿野靖明さんという筋ジストロフィーの人だった。彼は自分だけが入るのは悪いと思ったのだろう。「僕はいいから小山内さんが入った方がいい。一番頑張っていたんだから。僕は断る」と言い張った。私は説得した。「鹿野さんの思いはわかるけれど、あなたの障がいは私より進行が早いでしょう。普通のアパートで生活するには限界よ。だからあなたがケア付き住宅に入った方がいい。私はまた違う方法で戦うから」。

鹿野さんはケア付き住宅と病院を行ったり来たりしながら、やがて天国に召された。彼は札幌いちご会の会計をしていた。そろばんを振りかざし、「小山内さん、お金がなくなってきたよー。何か稼がなくちゃ職員に月給払えないよー」が口ぐせだった。あの茶目っ気のある顔をいまも思い出す。

ハーフメードの公営住宅ができた

私は札幌市の公営住宅に一五回落選している。ほかの自治体には落選すると次のときに優先度が上がるところもあるというが、札幌市にはその仕組みがなかった。そこで、札幌市長に「私を公営住宅から一〇〇回落とす気ですか？」と手紙を書いた。それからは優先順位に配慮するようになったという。

公営住宅をつくるとき、日本大学の野村歓先生に習ったハーフメード方式の住宅を訴えた。ハーフメードとは、入る人が決まってからその人に合わせて玄関、台所、お風呂、トイレなどを設計、施工することだ。一九八二年札幌いちご会は道営住宅に採用するように提案し、衆議院議員の五十嵐広三さんに支持をお願いする手紙を書いた。一週間後、返事が来た。「小山内さんの言うことは正しいことですね。ぜひ取り入れましょう」と書かれていた。その後、道営住宅や札幌市営住宅に実現することになった。選挙のとき「誰がなっても同じよ」とよく聞くが、心のある人が政治家になると制度が良い方向に変わる。政治家の力はすごいと感じた。五十嵐さんのような政治家がたくさんいたなら、もっと日本は変わるのに――。

ハーフメードの公営住宅は全国に普及し、とても暮らしやすい。部屋の設計を身体に合わせると、ヘルパーさんも楽なのである。

要望かなった札幌市の障がい者用トイレ

どこに行くときも、私はトイレが心配になる。居酒屋や喫茶店に気安く入れない。まず障がい者用トイレがどこにあるか、頭にインプットして動かなくてはいけない。

札幌いちご会を始めた一九七七年、札幌市役所には便利な障がい者用トイレがなかった。一階には一般のトイレの一つを壊して、手すりをつけ、ドアをアコーディオンカーテンにしたトイレがあった。しかし非常に狭く、車いすとアコーディオンカーテンがぶつかって開いてしまう。介助の人が入ると、もっと狭くなって使いにくいったらなかった。

市役所の一階に障がい者用トイレがないのは札幌の恥ではないかと、私は訴えた。トイレの外には大理石のようなりっぱな壁があり、壊すのにもお金がかかりそうだ。市は、三階に福祉課(現・障がい福祉課)があったことから、その階に立派な障がい者用トイレを設置した。だが、私は納得いかなかった。福祉課のある階だけに障がい者が行くわけではない

北海道庁や札幌市役所を訪ねて要望した。

からだ。

全部の階に用事はあるのだから一階に障がい者用トイレをつくってくださいと、要望書を何回も書いた。それに札幌市は観光客も多い。一階に障がい者用トイレがあると思って来る人もいるはずだ。現に地方から来た人に「市役所に障がい者用トイレがなかったよ。小山内さん訴えなさい」と指摘されたことが何回かあった。「三階にはあるんだけどね……」と言い訳したかったが、観光客にはわからない。

訴えてから市長が二人変わっただろうか。ある日、市役所の人が私の元にやってきて「一階のトイレの壁をレンガにして、手すりをつけて使いやすくします」と言った。しかし、いくら壁を良くしても、狭くて使いにくいのは変わらない。上田文雄さんが市長になって三年目の二〇〇五年のことだ。「市役所のトイレの件ですけど、また裏切るのですか?」と手紙を書いた。市長は応えてくれた。壁を壊して新しく広い多目的トイレが完成した。設計のとき、私が市にどんなトイレが必要なのか説明した。できたトイレは便器を壁の隅から斜めに設置してある。左右に壁までスペースができ、どちらからでも介助しやすい。このトイレをモデルケースとして、全国、全世界に広めてほしいと思った。

ホームヘルパー派遣制度と自立生活体験室

ケア付き住宅に入れた札幌いちご会の仲間はたった一人で終わり、住宅をつくる運動だけではだめだということがはっきりした。私たちはヘルパーさんを派遣する介助の制度の時間数を増やすことに力を入れようと、運動のあり方を少し変えた。

私たちが「研究生活」を始めたとき、ケアはボランティアが担っていた。しかし、ボランティアでやってもらっていては障がい者は何も言えない。対等な関係でいるには障がい者がお金を払う関係にならないといけないと、私たちは考えた。一九八九年、札幌いちご会は独自でホームヘルパー派遣制度を始めた。道内で初めての制度で、障がい者にお金を払ってもらい、札幌いちご会がヘルパーさんを派遣するのだ。翌年には「移送サービス」の名前で、自治体から助成金をもらい、買い物や移動のサービス事業も手がけるようになった。さらに札幌いちご会に専従の職員を置き、この仕事に就いてもらった。

札幌市もヘルパーさんの派遣を制度化し、さらに全身性重度障害者介護料助成事業（後に全国統一し、「全身性重度障害者介護人派遣事業」となる）という制度ができ、ヘルパーさんに来てもらえる時間が増えた。介護に来てもらっていた人に一時間七〇〇円のチケット（介護券）を渡し、役所に提出するとお金に変わる。

札幌いちご会は、市のサービスが整ったため、先の二つの事業を終了したが、一九九一年にはマンションの一室を借り、「自立生活体験室」と名付けた事業を始めた。いろいろな体験をしてもらい、自立生活に踏み出すための準備をしてもらおうとした。でもこれはうまくいかなかった。募集を知って、施設で暮らしていた障がい者がやってきたが、親に反対されて、多くが施設に戻っていってしまう。障がい者ががっかりして施設に戻る姿を見て悲しい思いをした。ある親の言葉が忘れられない。「札幌いちご会って言っても、ちゃんとした法人じゃないじゃないですか。そんなところに子どもを任せられない」。「どうやったら社会的に信用してもらえるのか」「ハコ物を否定してきたけど、やっぱりハコ物がないといけないね」。けれども、私たちが任意の団体でなく、親たちに信用してもらえる施設をもつ社会福祉法人を設立するにはお金がいる。

私は矛盾を感じていた。ハコ物を否定してきた札幌いちご会が、ハコ物づくりを目標にするなんて……。それでも、「本物のケア付きアパートにしよう」「そこでは健常者でなく、障がい者が働くんだ」と、私たちの夢は次第に膨らんでいった。

社会福祉法人を目指すことを決めたのは一九八六年である。そのためには基金が必要になる。そこで市役所の福祉課に相談すると、担当者は「三〇〇〇万円が必要ですね」と説明した。さて、どうやって集めたものか。

黒柳徹子さんは母のような存在

私が尊敬する女優の黒柳徹子さんに相談したところ、札幌市で『徹子のオニオンステージ』というコンサートを開いてくれることになった。そして収益金の五五〇万円を全額札幌いちご会に寄付してくれた。それをきっかけに全国からたくさんの寄付金が集まるようになった。

黒柳徹子さんとの楽しい語らい。

黒柳さんと知り合うきっかけは、一九八一年の『足指でつづったスウェーデン日記』の出版である。本を出すとき、朝日新聞社の編集者から「本の帯は誰に書いてほしいですか？」と聞かれた。考えあぐねた私が、「あの、たぶん無理ですけど、黒柳徹子さんはいかがですか？　だめですよね」と言うと、「わかりました。すぐに聞いてみます」と明るい声が返ってきた。

黒柳さんは女優、タレント、エッセイスト、司会者、ユニセフ国際親善大使などさまざまな顔を持ち、著書『窓ぎわのトットちゃん』は私の愛読書でもある。でも忙しい方だ。私の原稿など読んでくれないだろうと思っていた。

しかし、徹子さんは私の原稿を読んで、

帯に推薦の言葉を寄せてくれた。「奇跡って起きるもんだ」。さらに徹子さんは、私に会いたいと言ってくれた。司会をしている「徹子の部屋」を収録している楽屋に呼ばれてお話をした。「あなたの原稿、素直で面白かったわ。これからですね。日本をスウェーデンにしなくちゃね」。

その後、私が首の手術をするとき、病院から介助者がいないと手術ができないと言われ、その矛盾を手紙に書いたことがあった。すると、徹子さんは、札幌いちご会にたくさん寄付してくれ、病院で介助者をつけることができた。お芝居にも招待してもらった。徹子さんはお芝居をしているときが一番輝いている。母のような存在だと書くと叱られるかもしれないが、徹子さんは札幌いちご会を応援してくれる大切な人である。

糸井重里さんにテレホンカードをつくってもらう

札幌いちご会が走り出した頃、日本はバブル経済が始まろうとしていた。「夢だけ頭に描いても願いはかなわない、お金になることは何でもしなければいけない」と思った。本を書いたり、講演会をしたり。毎日寄付金をお願いする手紙を書いた。

一九八七年、コピーライターの糸井重里さんの講演会に出かけた。どういうきっかけで話しかけたかは覚えていないが、近づいて名刺をもらったことを覚えている。ずうずうしいおばさんである。自宅に戻るとひらがなタイプライターで手紙を書いた。育児日記を書いたので出版社を紹介してほしいというお願いだった。糸井さんは文藝春秋の編集者に連絡を取り、「この原稿を読まなければ、もうあなたとは付き合わないよ」と言ったという。そして『車椅子からウィンク』〔文藝春秋・ネスコ、一九八八年〕という読みやすい育児日記になった。

その後、私は障がい者の性について、私の恋愛から結婚、そして離婚に至る経緯、障がい者の知人がセックスについてどんな行動をとっているのかなど、生々しく書いた。好奇心からホストクラブに行き、ウォシュレットを使ってオナニーしていることまで。先進国スウェーデンで見聞きしたことを伝え、「日本では障がいをもつ人は親にべったり育てられ、親が歳をとると山奥の施設に入る。一生バージンで生き、死んでいく恐怖感はこの国のハンディをもつ人たちにはわかってもらえないのか」と訴えた。その原稿もその編集者が担当し、『車椅子で夜明けのコーヒー』〔文藝春秋、一九九五年〕という本になった。今でもその本を読んで、障がい者の性について講演依頼がきたり、論文を書く資料にしたいと遠くから訪ねて来る人がいる。

糸井さんには「札幌いちご会でつくるテレホンカードのコピーを考えてください」とお願いした。嫌われてしまうかもしれないと内心ドキドキした。しかし、「あなたのひらがなタイプライターの手紙を読んでいるとエネルギーがわいてくるんですよ。テレホンカードつくりますよ」と快諾してくれた。ひらがなの手紙が糸井さんの心を動かしたのだと思う。

糸井さんは「どうぞ　まっすぐ　みてください」と、ひらがなで書いてくれた。片足のないサルのぬいぐるみを写真家の篠山紀信さんが撮ってテレホンカードが完成した。ある新聞記者さんから「このテレカは価値がありすぎて値段がつけられないものだよ。すごいことをお願いしたんだね」と言われた。このテレホンカードは売れ行きも良く、札幌いちご会を支えてくれた。

谷川俊太郎さんに手紙のテクニックを教わった

ホスピスをテーマにした講演会に、詩人の谷川俊太郎さんがゲストに招かれていた。黙って話を聞いていたが、最後に司会者が「質問やご意見ありますか？」と言ったので、「今がチャンスだ」と思った。「ホスピスは良い考えだと思いますが、死んでいく人を違う病院に移すのは残酷ではないですか。『生きられる』ということを信じて死んでいくのが良いのではないですか」と尋ねた。谷川さんは「そうだね、あなたの言うことは本当かもしれない。死と向かい合うということは誰にもわからないんだよね」と語った。

私はまた名刺をもらい、手紙を書いた。「コンサートをやりながら詩を読んでくださいませんか?」とずうずうしいお願いをした。谷川さんから直筆の手紙が届いた。「僕を口説くためにはあんな手紙じゃだめだよ。もう一度書いてください」。谷川さんと西村先生は、同じ方法で私に手紙のテクニックを教えてくれたのだ。

その後はどんな手紙を出したのか覚えていない。二〇〇一年、札幌いちご会で谷川さんを招いた。息子さんが演奏する中、詩を読んだ。三〇〇人ほどの会場が満席になった。私の息子は「谷川さんって教科書によく出てくる人。すごい人に頼んだんだね」と驚いた。谷川さんはコンサートのチケットの売上金からたくさん寄付してくださった。

ピアカウンセリングを始める

障がい者が障がい者にカウンセリングする「ピアカウンセリング」は一九九二年、道内で最初に札幌いちご会が始めた。浅野さんの次の福祉課長さんが、「厚生省のお金が使えるからやってみませんか」と誘ってくれたからだ。私と京子ちゃんが東京の講習会に出かけて腕を磨くことになった。札幌いちご会では毎年二泊三日の合宿を行い、東京からカウンセリングの専門家を招いた。北海道庁の職員も勉強にやってきた。集まるのは施設の障がい者が大半で、参加した人の多くはいま、施設を出て自立生活を営んでいる。

ここで学んだ人たちが新たな障がい者のグループをつくり、運動の輪がひろがる。私が「札幌いちご会のような会がいっぱいできるのはいいことだね。でもさみしいね」と言うと、京子ちゃんが笑った。「卒業生だと思えばいいよ」。私もうなずいた。「そうだね――」。

一九九二年にはノーマライゼーション構想をまとめた。真ん中に公園があり、周囲にケア付き住宅やたまり場、働く施設がある。温泉施設も加えた。夢物語に思えるかもしれないがスウェーデンにはある。それを持って京子ちゃんと札幌市役所を訪ねたが担当者は「諦めてください」と、相手にしてくれなかった。でも、私たちは諦めなかった。

基金の要件が「三〇〇〇万円」から「一億円」に

やがて目標の三〇〇〇万円がたまった。私と京子ちゃんは意気揚々と北海道庁の障害福祉課を訪ねた。「やっと三〇〇〇万円たまりました」。ところが、担当者の反応は意外なものだった。「三〇〇〇万円じゃだめなんです。一億円ないと」。後にわかったことだが、ちょうど社会福祉事業法(現・社会福祉法)が改正され、法人取得の要件が厳しくなったのだ。

北海道庁を出ると、二人とも涙が止まらなかった。「バカにされたよ」。私が泣きながら訴えると、京子ちゃんが宣言した。「じゃあ、一億円ためるぞ！」。二人で叫んだ。「負けないぞ！」。私たちは事務所に戻ると基金集めを再開した。

日本中から様々な人が札幌いちご会に訪ねて来る。ある日、おばあさんがリュックサックを背負って事務所に来た。「小山内さん、私は東京の娘のところに行きます。土地を売ったのでお金を持ってきました」。汗を拭きながらリュックから札束を取り出した。私は慌てて、「ちょっと待って、おばあさん。奥の部屋でお願いします」と促した。「いったいいくら入っているのですか?」と聞くと、「一〇〇〇万円です」。宝くじにでも当たった気分であった。

おばあさんは、三年前から「土地を寄付するので、それで障がい者用のアパートをつくってほしい」と言っていた。東京に住む娘さんが毎年筋ジストロフィーの友だちを札幌に連れて来ていたという。おばあさんは娘さんが介助する姿に感動し、自分も何かしなければと思ったのだという。そういうお金はとても美しい。札幌いちご会は優しさ、夢、願いなどによる「美しいお金」で生かされているのだと思った。

書き損じはがきでお金を貯める

札幌いちご会の資金づくりに大きな役割を果たしたのが、書き損じはがきの寄付だった。金額は小さくても家庭で眠っていることが多く、気軽に寄付できる。アイデアを出したのは、伊藤直紀さんという北海道新聞の記者だった人だ。札幌いちご会のボランティアを三〇年以上続けている。

ある日、「小山内さん、新聞でいいこと読んだよ。高齢者の人たちが書き損じはがきを集め、それを切手に換えて売って、そのお金でみんなのたまり場になるマンションを買ったそうだよ。札幌いちご会もやってみないかい」と言った。四五円のはがきを集めて何になるのだろうと、私はあまり乗り気でなかった。みんなも「面倒くさいね」と言った。でもやってみなければわからない。とにかく二、三年やってみようと、友だちや『いちご通信』の購読者に書き損じはがきの寄付をお願いした。

一九八七年から始め、一年目は三〇万円分くらいだっただろうか。しかし、毎年続けていると、やがて届けられたはがきで事務所の玄関がいっぱいになるほどになった。そのお金で自分たちで介助者を雇うことができる。地域に生きる障がい者たちと助け合って生きることをめざす札幌いちご会の財政基盤をつくることになった。それに「寄付金くださ い」と言いにくいが、「書き損じはがきのご協力を」なら少し言いやすい。伊藤さんは札幌いちご会にとって神さまに近い人である。

千葉県のおじいさんは数年にわたって毎年何百万円も寄付してくれた。二〇枚の書き損じはがきを送っただけなのに礼状をくれたと感激し、わざわざ事務所まで訪ねてきた。若い障がい者たちが、自分たちでつくったちらし寿司をごちそうした。ザルに卵を入れ、棒で割り、卵を下に流して殻とわけた。悪戦苦闘するその姿におじいさんはまた感動し、寄付をし続けてくださった。障がい者が働いている姿は美しいと思う。それが人々の心を動かす。

いまの施設は障がい者を「利用者様」と言い、スタッフばかりが頑張っている。そこから感動はあまり生まれない。障がい者にもチャレンジするきっかけがほしい。してもらうことばかりを考えず、年に一度でも障がい者同士助け合ってスタッフにごちそうしてあげたらどうか。感動的な場面であり、対等な人間として生きていることを訴える力になると思う。

こうした様々な人々の寄付やケアサービスの事業収入でスタッフを雇い、事業を拡大しながら、基金を貯めていった。

茶木さんに案内人になってもらうんだ

西村先生は福祉ホームの計画が具体化してくると、こんな提案をした。「茶木豊子さんのような人がホームの玄関にいて、お客様を案内したり、福祉ホームができた経緯を説明したりしてもらうんだよ。一番障がいの重い人が先頭をきって働かなくてはいけないんだ。あまり職員を偉くすると失敗する」。私たちは大賛成だった。

共鳴する人たちからの寄付金がどんどん増え、基金の目標である一億円がもうすぐだと思われた一九九六年、茶木さんは食べものをのどにつまらせて入院した。気管切開し、人工呼吸器をつけた。病院に見舞いに行くと、茶木さんは口に棒をくわえ、タイプライターを打っていた。「茶木さん、もうすぐあったかいアパートができるよ。もう少し待っていてね。一緒に長生きしようね」。呼びかけると、彼女は口を大きく開け、唇を動かした。もう話せなくなっていた。でも、私には「ありがとう」と言うのが聞こえた。

私は、茶木さんの大好きだったジェームス・ディーンの絵はがきを枕元に置いた。それが茶木さんとのお別れだった。あの唇は今も覚えている。「ありがとう」という言葉とともに涙があふれ、茶木さんのあごに落ちた。茶木さんが息を引きとったのはその年の五月だった。茶木さんのかわいい笑顔がいまも時々目に浮かぶ。こういう人がたくさん現れ、障がい者の歴史を変えていくのである。茶木さんありがとうね。また天国で会ってお腹いっぱいジンギスカンの肉を一緒に食べようね。もう太ってもいいからね。

一億円を手に市役所へ

一九九七年、ようやく一億円になった。私と京子ちゃんは札幌市の障害福祉課（現・障がい福祉課）に向かった。社会福祉法人認可の所管が北海道庁から市役所に移っていたからだ。北海道庁から連絡が市にいっていた。私が「一億円ためました」と言うと、担当者は「ええっ!」と言ったきり黙った。「びっくりした。一億円たまるなんて思ってなかった」。私と京子ちゃんは、その職員の顔を見て笑ってしまった。そして落ち着きを取り戻した職員から、社会福祉法人がつくれることを確認した。

努力するといいことが重なるものである。ある日、東京で開かれたパーティーに出席した私に、ある男性が近寄ってきた。名刺を出して「協力しますよ」と言った。実は少し前、宮城県知事の浅野史郎さんに相談していた。「日本財団というところがある。ちゃんと話をして協力してもらいなさい」とアドバイスを受けていた。

日本財団も札幌いちご会を調べていて、西村先生や浅野さんが応援していることを把握し、信用のできる団体だと確認していたという。日本財団が二億八四〇〇万円援助することになり、これで市も動かざるを得なくなった。施設をつくるには土地がいる。私たちは、市有地を無償で提供してもらおうと、交渉を始めた。

「教育施設でないと貸せない」と教育委員会

「いい候補地がある」と札幌いちご会のスタッフが見つけてきたのは、豊平区の小学校の跡地だった。私たちは平らな場所を探していた。傾斜していると車いすを使う障がい者にとって危険だからだ。そこは平坦な住宅地で住民とも交流できる。ところが、この土地を管理しているのは市の教育委員会だった。

そこで障害福祉課の職員と一緒に、教育委員会にお願いすることになった。私が「ここに障がい者の施設を造りたいのです」と言うと、委員会の事務局職員から冷たい言葉が返ってきた。「ここは教育施設以外には使ってはいけないんですよ」。

「障がい者の施設ではいけなくて、どんな施設ならいいのですか」と尋ねたが、職員は「公園とか、プールとか、図書館とか。公の施設ならいい。障がい者施設は教育委員会の仕事と違います」。私が「同じ市の土地でしょ。使うのは同じ人間でしょ」と食い下がると、職員は「もう帰ってください」と席を立った。部屋を出ると、同行してくれた障害福祉課の職員がため息をついた。「ひどい人間がいるもんだ」。結論はひっくり返らなかった。

障害福祉課の職員たちは真剣に市の土地を探してくれた。見つけたのは西区の更地だった。市が市営住宅をつくろうとしていた土地だった。一九九六年頃、計画中の市営住宅にバリアフリーの部屋をつけてくれるように、札幌いちご会が市に陳情したことがあったから、よく覚えていた。そのとき、建設を担当する職員は「傾斜地で、車いすは危ないから入居できません」と説明した。危険な上、やや辺ぴで人通りが少ない。私たちはもっと人通りの多いところにつくろうと考えていた。

それを伝えると、担当者は「ここを断ると、新たに探すのに五年はかかりますよ」と言った。不満はあったが私たちはここに決めた。安全性に配慮して、その後市は道路をロードヒーティングしてくれることになった。

最初反対した地域住民と良好な関係に

施設をつくるには、地元で住民説明会を開いて了承してもらわねばならない。説明会を開くと、集まった人たちからは賛成する声がほとんど上がらなかった。「ここは傾斜地だから危ない」「地価が下がるから来てもらっては困る」と建設に反対する人もいた。認めても、「すりガラスにしてほしい」と言う人もいた。「なぜ、すりガラスなんですか」と尋ねると、「うちの中を見られたくないから」と言う。「(障がい者施設とわかる)表札をかけないでほしい」と言う人もいた。私と京子ちゃんは顔を見合わせた。「この人たちは障がい者のことを知らないんだ。子ども時代に学校で分けられて育ったからわからないんだ。一緒に勉強していたら、こんなこと絶対言うはずがないよ」。

それでも障がい者のことを理解してもらわないといけない。「近寄ってほしくなくても、近寄っても何ともないことを示さなきゃね」。諦めず、町内会と話し合いを続けた。町内会長さんに社会福祉法人の理事になってもらい、催し物に住民を招待して交流を進め、お互いの理解を深めていった。いまでは良好な関係である。

アンビシャスは、クラーク博士の言葉から

社会福祉法人の名前をどうするか、私たちは悩んでいた。一九九九年、社会福祉法人の設立を祝うパーティーのとき、西村先生が切り出した。「札幌駅でボーイズ・ビー・アンビシャスと書かれたテレホンカードを見つけました。ここはアンビシャスでいかがでしょうか。アンビシャスとは、志という意味です」。

その場で、満場一致で「アンビシャス」と決まった。英語の「アンビション」には野心、大志という意味もある。良い意味で私たちも野心や大志を持って生きなければならない。

土地は、市が三〇年間無償で貸してくれることになり、さらに四一〇〇万円の補助金をもらった。札幌いちご会から二八〇〇万円を寄付し、社会福祉医療事業団から七〇五〇万円借り入れた。これにかかる利息を市が負担し、札幌いちご会が毎年三五〇万円、計約四〇〇〇万円返済することになった。札幌市がこのように優遇してくれたのは上田文雄市長(当時)のおかげである。上田さんは弁護士として活躍していた頃、札幌いちご会のよき理解者だった。私たちは困ったことがあると、上田さんに相談していた。いつも無償で相談に乗ってもらった。札幌いちご会は、これらの建設資金のほか、社会福祉法人の設立の

ために、別に七一〇〇万円寄付している。

次は建物の中身だ。アンビシャスをつくるとき、最初はアパートだけのつもりだったが、それだけではお金が回らず職員が雇えないと言われた。そこでデイサービスやヘルパーステーション、授産所をつけることにした。設計には随分配慮した。施設を手掛けているという設計士が、「私に任せてください」と言ってきた。そこで設計図を書いてもらい、それを日本大学教授の野村歡先生に見せた。「何だこれは。老人ホームの設計図をそのまま引き写しただけじゃないか」。この設計士さんには引きとってもらった。

野村先生の助言でプロポーザル方式で決めることになったが、私は障がい者についてあまり詳しくない建築士を選ぼうと考えていた。そうしないと、専門家然として障がい者の言うことを聞かずに勝手に進められる心配があったからだ。結局、施設や病院を建てた経験のある人は断り、教会や幼稚園の設計に慣れた小室雅伸さんを選んだ。全国の設計が良いと言われるところを一緒に回った。私は北欧の施設を見ていたので、彼にたくさん注文した。使いやすい建物があり、心優しいヘルパーさんがいることが、安心して障がい者が生きられる環境なのだから。

障がい者が生活する福祉ホームの広さを決める際には、体育館に段ボール箱を持ち込んだ。「これぐらいの広さがいるね」「障がい者が車いすで使いやすい部屋ってどんなものな

みんなの夢をのせてアンビシャスの建設が進んだ。

のかな」。床にチョークで線を引きながら配置を決め、段ボールで壁をつくった。こうして個室は二五平方メートルを確保することにした。仲間の中には「そんなに広くしたら、もうからないよ」と不満顔の人もいたが、私は押し切った。チョークを足で引きながら、もっと設計の勉強をしておけばよかったと思った。

完成したアンビシャスの建物にはすりガラスが入っている。住民の要望をとり入れたが、窓の下半分だけにし、車いすのままでも開けられるように下に取っ手をつけた。背の高い人も使いやすいように両方で実験し、ちょうど良い高さにした。

一番困ったのは、職員選びである。札幌いちご会を支えてくれている人たちだけでなく、面接をして、広く人材を募った。ほかの施設や老人ホームで働き、疑問を持って面接を受けにきた人もいた。私自身は、国の規定で全国社会福祉協議会の通信教育を受けて、施設長の資格を取得せねばならなかった。そのために一年間、社会福祉士の教科書を使って学んだ。小学校程度の教育しか受けてこなかったので、札幌いちご会のスタッフに教えてもらいながら、私は必死に勉強した。講習と試験は神奈川県であり、無事終了した。

9 アンビシャスが与えてくれたもの

アンビシャスがスタート

二〇〇〇年四月、アンビシャスの施設が開所した。二〇一六年一〇月現在、二三人の正職員はじめ約六〇人が働くアンビシャスは、生活介護事業所「デイサービスセンターいるか」と「自由工房」、身体障がい者居宅介護事業所「アンビシャスケアセンター」、障がい者福祉ホーム「ステップ6・2」、重症心身障がい者対応の生活介護事業所「フルハウス」などの事業を行っている。

「デイサービスセンターいるか」には毎日約一四人の比較的高齢の障がい者が通い、趣味を楽しんだり、入浴サービスを受けたりしている。「自由工房」は約二〇人の障がい者が利用する。そのほか街中のマンションを借り、各種相談に応じる札幌市障がい者相談支援事業「相談室 すきっぷ」がある。「自由工房」はＩＬＰ（自立生活プログラム）と生産活動の二つがある。ＩＬＰは、社会参加や日常生活に必要な技術を学ぶ。イベントやレクリエーションの企画、さらに陶芸や創作を楽しむ。生産活動は、喫茶コーナーの運営、バザー品の販売、パソコンなどを体験する。

二階の障がい者福祉ホームは一三室あり、二五平方メートルの居室にはキッチン、トイレ、シャワーが備わる。各部屋に住所があり郵便受けがある。福祉ホームを小さな町にイメージしている。地域で自立生活を目指す人が、その力を身につけるトレーニングの場である。自立生活体験室もある。インターホン、電動ベッド、家電製品、調理器具など、自立生活に必要な道具の操作を体験してもらい、自立生活に向けて相談に応じている。またホームヘルパーの派遣事業もしている。浴室は、障がいが重くて自分の家のお風呂に入れない人も、楽に入れるように設計されている。それに同じ障がいを持つ仲間たちと話もできる。

一番良かったと思っているのは陶芸室だ。アンビシャスができたとき、陶芸を教える先生がいなかったので、ヘルパーさんに「教えてくれる人はいませんか」と尋ねて回った。一人が、「いたわよ、小山内さん」と言って、ボランティアの先生をたくさん紹介してくれた。先生は丁寧に教えてくれる人もいるし、ただ自分の作品をつくる人もいる。個性があって楽しい。その光景を見るたびに「私のつくりたかったのは、この陶芸室のようなものだったのだ」と、自分に言い聞かせている。

いま、アンビシャスでは絵を描いたり、パソコンを操作したり、刺繍をしたりしているが、理想は、そこに一般の人も来て、障がいのある人と一緒にすることである。「アンビシャスは壁のないカルチャーセンターなんだよ」と私は言いたい。全国を見ると、それを実現している障がい者施設がいくつもある。若いリーダーたちは「ごちゃまぜ福祉」と名乗って、地域の人たちや精神障がい者、知的障がい者、身体障がい者、高齢者、子どもたちに呼びかけてやっている。日本の福祉はこれを広げていかないといけない。

浅野さんは「地域は海であり、施設は船である。おぼれそうになった人には、浮き輪を投げたり泳いで助ける。ときには沖で休憩することが必要だ」と語ったことがある。私は、アンビシャスは船であり、札幌いちご会は灯台だと思う。札幌いちご会は海にその灯台を建て、レスキュー隊の準備をしなくてはならない。施設の運営は常に迷いながら走らせ、様々なお客を乗せ、住み心地のよいところが見つかったら降りてもらう。そして、ちょっと疲れて旅をしたいなあと思ったとき、また船に帰ってきてほしい。

母の死

二〇〇二年六月、母が亡くなった。七七歳だった。私が幼い頃は農業に精を出し、私の治療のために慣れない札幌市に出てきた。私を入れようと福祉村の運動に加わり、やがて私の自立生活への一番の理解者となった。

晩年は、孫を育てることと私の化粧や髪を結うことが生きがいだった。母は自転車に乗れないが、裸馬に乗ることができた。走るとすごく速かった。大地が運動会のリレーの練習をしているとき、バトンを落として泣いたことがあった。母は「いまから練習しよう」と言ってトイレットペーパーの芯をバトンにし、茶の間で走りながらバトンを渡す練習を始めた。大地に笑顔が戻った。アンビシャスの総合施設長に就任してからマンションでの母と息子との三人の生活になったが、母はこのマンションに二年間しか暮らせなかった。もっと長く生きてもらい、親孝行したかった。

母は亡くなるまで一年間入院していた。胆管がんだった。私はかかりつけの医師に「胆管がんは治りますか?」と聞くと、医師は顔をしかめた。「あのがんは見つけにくくて、治らないんだよ」。目の前が真っ暗になってしまった。

母は入院先の病院から毎日のように電話をかけてきて、買い物を注文した。私は仕事を休めず、病院の近くに住む親しいヘルパーさんにお願いした。ヘルパーさんたちも母を見舞ってくれた。本当は母の用事を頼んではいけないが、「ヘルパーと利用者」の関係を乗り越えたように感じた。お礼も兼ねて、私はヘルパーさんたちをごちそうした。ヘルパーさんから「いいんだよ。小山内さん忙しいんでしょう。みんなでお母さんを守ろうよ」と言われ、泣いてしまった。

看護師さんが私に声をかけた。「美智子さん、お母さんはあと一週間くらいかもしれません。お母さんが一番待っているのは美智子さんです。病院に泊まってください。お願いします」と言って、大粒の涙を流した。私は母の病室に泊まることにした。看護師さんは大きなベッドを用意した。病院では、私の秘書をしていた女性が私のケアをしてくれた。母はモルヒネを打ち、体中黄色くなっていた。私が泊まった日はずっと眠っていた。

次の日の朝、「母さん、起きていたの？　おはよう」と声をかけた。母はだまって私を見つめ、痩せた手で私の手をにぎった。「母さん、これからずっと泊まるからね。良くなるまで安心してね」と言うと、母は小さな声で「仕事、大丈夫？」と私を見つめて言った。「大丈夫、大丈夫。私が少しくらいいなくても、みんな頑張っているから」。

アンビシャスの秘書が私の衣類を取りに行き、母と私の二人きりになった。私は足の指にナースコールを持ち、「母さん、早く家に帰れるといいね。大地は良い子になったよ。

母さんのおかげだよ」と、ひとり言のように語った。母は大きな目をあけ、「ありがとう」と言い、また何か言おうとしたが、その言葉は聞き取れなかった。首を少し横に向け、天国に行った。

悪性リンパ腫で入院

その六年後の二〇〇八年四月、定期健診で私は悪性リンパ腫と診断された。主治医の紹介で大きな病院に一か月入院したが、担当の医師は検査結果を見せて、「小山内さんの命はあと五年です。脊髄までがんに侵されています。ステージ4です」と言う。

五年間生きられたら何ができるだろう。私は医師の説明に納得いかず、検査結果を抱え、北海道大学病院の血液内科を訪ねた。廊下で大きな声を出し、「悪性リンパ腫の専門の先生はいますか！」と何度も叫んだ。看護師さんが医師に連絡してくれ、診察を受けることができた。私の資料を時間をかけて見て、「小山内さん、この病気は治ります。いまは良い薬が出ていますから大丈夫です。ここに入院させてあげたいけれど、白血病の人がたくさんいてベッドが空いていません」と言って、別の病院を紹介してくれた。

その病院は市内にあり、悪性リンパ腫の患者も数多く入院し、抗がん剤の副作用でみんな毛が抜けていた。私は入院する前、美容師をしていたヘルパーさんに「毛が抜けてしまうので髪を丸坊主にしてください」と頼んだ。その人は「そんな悲しいこと言わないでください」と涙を流しながら、ベリーショートにしてくれた。

抗がん剤のリツキサンを点滴で打った。私の腫瘍は胃から腸、そして脊髄まで転移していた。しかし、治療から一か月経ち、大腸をカメラで見た医師が「がんが見えなくなった！　本当に小山内さんですよね？」と驚いた。先生は一か月前の写真と比較した。「あなたは薬がよく効く人なんですね。がんが消えています。こんな人いないですよ」。

確かにどんな病気になっても薬がよく効くと言われていた。子どものころ、農家で無農薬の野菜やお米や鶏肉を食べてきたのが良かったのか。二か月経つと脊髄にあった腫瘍も消えた。院長は「あなたは奇跡の人だ。すごいね」と言った。医師は私の髪の毛をカツラだと思っていたようだ。私の髪の毛を少し引っ張った。「これは本当の髪の毛です」と言うと、「本当の髪ですか！」とまた驚いた。

理想と現実との乖離（かいり）

退院するとすぐに施設長の仕事に復帰した。しかし、私は何かすっきりしない気持ちをかかえていた。アンビシャスに自立生活を目指すための福祉ホームができたのはうれしかったが、何やらまた施設をつくってしまったような気がした。うれしいけれどうれしくない。不思議な気持ちでいた。一九七九年に泊めてもらったストックホルムの職業訓練校によく似ている。しかし、そのときは、すでにその学校は壊される運命にあった。障がい者だけが孤立して一緒に生活することは不自然なことだからだ。アンビシャスができた当初、年間何百人という人が見学に来てほめてもらったが、私は何かおかしいと考えていた。

私は一か所に障がい者ばかりを集めるのは嫌いであった。障がい者たちはヘルパーさんの手を借り、アパートからいろいろなところに行って映画やショッピングを楽しんだり、カルチャーセンターに行ったり、大学に行き勉強したりするイメージだったのである。しかし、いまの福祉制度では、障がい者が施設に来ると一人いくらというお金が入り、運営費や職員の月給になる。障がい者を「利用者様」と呼び、施設に閉じ込めようとしているように見える。それでは障がい者たちの自立心は生まれてこない。職員が障がい者を管理し、指導する関係になってしまう。障がい者ばかりが集まる建物をつくったことを悔やんだが、いまの日本の福祉ではこれが限界なのだ。

「総合施設長」という仕事への迷い

私はこれまでの生活保護を受ける生活から離れ、とても良い月給をいただけるようになった。貯金をし、老後にケアをしてくれる人を雇いたいと考えていた。でも毎日印鑑を押し、報告を聞き、会議をして一週間が終わってしまう。これまでのように役所に行って職員に要望を伝える時間すらなくなっていた。

浅野さんに相談すると、「施設長とはな、職員が困ったとき相談に乗ること。将来の展望を持つこと。この二つが出来ればいい。あとは強気に座っていろ」とアドバイスしてくれた。札幌いちご会で夢を持ち、役所に要望しているときは楽であった。しかし、これからは施設を利用する人たちの意見を聞き、自分で夢を実現させていかなければならない。まるで、サンドイッチの具になったような気分だった。

アンビシャスとは違う、また別の生きる方法はないものかと考え始めた。日本の住宅では重度の障がい者は自宅でお風呂に入れない。だからお風呂を提供するデイサービスは納得できていた。でもこれから自己責任で生きていかなければいけない若い障がい者の仲間たちの生活はどうなるのだろうか。たまにアンビシャスに来てさみしそうにしている彼らの横顔を見ると、これで良かったのかと疑念を抱いた。

スウェーデンでは二四時間ケアでどんなに障がいが重くてもヘルパーさんたちと散歩したり、学校に行ったりしている。働ける人はヘルパーさんに介助してもらいながら働く。障がいのあるなしに関係なく、みんな溶け合って生きているのに……。

デンマークのある学者は「福祉はこれでよいということはない。人間は常にもっと良くしたいという欲望がある。その意見に対して国がどう動くかが大切なのである。お金持ちはたくさん甘いものを食べて糖尿病になる。だから砂糖に税金をたくさんかけようと審議している」と言っていた。私はその言葉に納得した。私の心の中にある「障がい者の自立生活」という理想の形は、どこまでいっても終わりがないのだろう。ヘルパーさんと自由にいろいろなところで一般の人と触れ合い、勉強し、働いても、またどこか違うのではないかと考えるだろう。それが人間というものかもしれない。

障がい者は「何もできないから甘えてもいいのだ」ではなく、できないことはできないけれど、ときにはケアを受ける人たちの意見も聞いて生きることが大切だ。このことは学校や会社やどんな組織でも言えることである。人間に上下関係があってはならない。最後に決める人は必要だが、ピラミッド方式の人間関係に固執すると、下の人がせっかく良い考えを持っていても言葉に出さなくなってしまう。

アンビシャスを去る

私は障がい者の夢はわかるが、経営の仕方は知らなかった。アンビシャスが開所して五、六年くらいは職員たちも夢に燃え、全国からたくさんの見学者が殺到した。韓国から三〇人の障がい者団体の人たちが来てアンビシャスに泊まったときは、職員も一緒に泊まってごはん支度をし、見学のスケジュールを立てた。

初代のアンビシャス総務課長だった小館祐一さんを私はとても信頼していた。わざわざ横浜から働きに来てくれた。小館さんは私がわからないことをわかるまで説明し、アンビシャスのお金がどう動いているか親切に教えてくれた。

「2人で40年間歩んできたんだね」。美智子と京子さん。

アンビシャスは全国のみなさんの寄付金で建てた全国の夢が集まったところだと思う。ここを建てたことを後悔してはいけないと、見えない手で心を抑えていた。総合施設長は常に右か左か判断しなければいけない。小館さんがいたときは、私は安心していられた。彼は私の言うことに間違いがあるときは指摘する人だった。そういう人がいなければ私に総合施設長が務まるはずがない。しかし、ちょっとした行き違いで意見が合わなくなり、去ってしまった。私はあのときのことをいまも悔やんでいる。

仕事に行き詰まったとき、夢の中で「小山内さん、ただいま。また一緒に仕事やろうね」と言ってくれる彼の顔が浮かぶ。そして、目が覚めると、「なんだ、夢か……」と泣いた。相談相手だった西村先生は二〇〇五年に亡くなり、浅野さんもそばにはいない。困ったことを誰に相談したらよいのかわからなかった。赤字経営で法人のお金がどんどん減っていくのに、経営の立て直しは私にはできない。一人悩んでいた。

そのうち、管理職の人たちが内輪の会議を開くようになった。私が各部署の会議に出たいと言っても、「施設長がいると言いたいことが言えない職員もいる」と言われて遠慮したこともある。組織をまとめていくのは大変なことだった。やはり、障がい者には荷が重いのだろうかと自問自答した。ただ、そんなときも長谷川さんは私のそばにいてくれた。彼女は私の欠点も良いところもわかっていたのだと思う。

私は総合施設長を一四年務め、二〇一四年に退任した。結局、人を束ねていくことはできなかった。お金のやりくりも苦手であった。裸の王様だったのかもしれない。辞めたとき、もう施設長でなくてもいいんだ、障がい者の人たちと本音の気持ちで語り合い、笑い合えると、解放された気分になった。

アンビシャスではその後、理事長だった澤口京子ちゃんも退任し、別の社会福祉法人の理事長を務める障がい者の方が非常勤の理事長に就任した。障がい者のことは障がい者が一番よくわかる。彼に期待したい。私も京子ちゃんも一理事として理事会に出席して意見を述べている。悲しい思い出は無駄ではない。私はこの先どんなにちやほやされても、わかったふりをしないで、裸の王様にはなるまいと誓っている。

アンビシャスにいる障がい者たちは、怒ったり泣いたり、笑顔で輝いている。これからもアンビシャスは少しずつ変わっていくだろう。アンビシャスは生まれ変わらなければいけない。すべての人間の「カルチャーセンター」になってほしいと思う。いつの日か、また障がい者のリーダーが現れ、施設長としてどんなスタッフとも対等に話をし、障がい者と職員の幸せを考え行動するときが来る。奇跡の人はきっと現れる。

第3章 これからをどう生きるか

泣き出した女子生徒

最近、一人の特別支援学校の先生から、私の話を生徒に聞かせてほしいと呼びかけがあり、校長先生のいない間に、私に話をする機会を与えてくれた。最初のうち、先生たちは苦い顔をして下を向いていた。私はここで働く先生たちを少しほめなければいけない、若い障がい者たちに勇気と希望をあげなければいけないと思い、話し始めた。

「特別支援学校は頭の良い子と悪い子に分けて教育するのはおかしいです。しかし、その中にもすばらしい先生がいました。一人ひとりのレベルに合わせた手づくりの教科書をつくってくださったり、私の足で彫刻や油絵が描ける台をつくってくださった先生がいました。職場実習で私の受け入れ先だけなかったとき、老人ホームに行き、タイプライターで手紙の代筆をさせてくれました。その先生は私の夢をすべてかなえてくださり、生きる喜びをくださったのです」。

こんな話をしているうちに、下を向いていた先生方もだんだん私の方を見つめるようになってきた。生徒たちに「あなた方は世間に思われるような『障がい者』ではありません。歩けなかったり、手が使えなかったり、ちょっと考えが遅いだけなのです。普通の人間なのです。将来に希望を持って勉強してください。何か働き、たくさんの人と出会い、人を尊敬し、恋をしてください。結婚もしてください。お母さんにもなってください」と言った。すると、二人の女の子が大声で泣き出した。「私もお母さんになりたい」。私は彼女たちに「その言葉をずっと言い続けてください。絶対なれるよ」と呼びかけた。

先生たちは大きな拍手を送った。本当は私はこのような講演会をしたいのである。私が夢をかなえてきたテクニックを、若い人たちに伝えていきたいのだ。過去の嫌なことは忘れ、私は特別支援学校で語りたい。

「私もお母さんになれるの？」と言った女の子はいま、どんな生活をしているだろうと、時折考える。もっともっと学校で、地域で生きる障がい者の自立生活を伝えることが私たちの仕事だと思う。そして、希望を常に持って生きてほしいと。

共に学びあう

特別支援学校を非難するのはもうやめたいと思うが、現実にあったことは書かなくてはならない。これからはどう特別支援学校を少なくし、普通の学校で障がい児も同じ教室で学んでいけるかを考え、実行しなければいけない。日本では何しろ長い間足踏みが続いているのである。

私が養護学校の生徒の頃、忘れることのできない校長先生がいた。名前は紅林晃先生といった。校長室のドアをいつも開け、子どもたちを抱いて絵本を読み、飴を口に入れてくれた。先生方から「また校長先生、飴を口に入れたのですか? 甘やかしちゃいけませんよ」とたしなめられていた。でも校長先生はにこにこして、子どもを抱きながら「飴はおいしいもんね」と言っていた。校長先生は間もなく学校を去り、やがて北海道教育委員会の教育長になった。心のある人は偉くなれるのだなぁと、私はうれしくなった。

養護学校を卒業してから、養護学校はいらないと書いたことがある。だが、いくら養護学校を非難しても、紅林先生は札幌いちご会に寄付金をたくさん送ってくださっていた。不思議な先生であった。お金に困ると先生のところに行き、寄付をいただいていた。ある日、「先生、私たちは養護学校を否定しているのに、なぜ怒らないのですか。その理由を教えてください」とはがきに書いた。私は、先生からの手紙を待っていた。一か月ぐらい経っただろうか、先生は突然天に召された。私は悲しくて泣いた。あの答えを言わずに先生は逝ってしまったのだ。

先生のお嬢さんがお葬式の日、私に伝えた。「お父さんはね、美智子さんに会いに行かなければいけないと何度も言っていましたよ。何を言いたかったんでしょうかね」。先生の答えはなかったが、北欧の学校をイメージし、いつしかどんな子も溶け合って教育しなくてはいけないと思っていたのではないか。しかし日本ではいまだに障がいのある子と障がいのない子に分けられている。社会運動はとても難しい。あるときは親を敵にし、社会を敵にし、特別支援学校さえ否定しなければならないのだから。でもそんな中でも私たちの言葉を受け入れてくださった方を忘れてはいけないと、心に言い聞かせている。

嫌われ者にならないと社会は変わらない

若き日は、役人や政治家に会って要望書を渡すのが私の最高の仕事だと思っていた。役所で課長や部長のそばに寄り、持参した弁当を彼らに食べさせてもらったこともある。私にとってそれが一番の喜びを感じるときであった。最初は、また来たのかという煙たい顔をされる。「早く帰れ」というような言葉を投げかけられる。しかし、だんだん話しているうちに、心が打ち解ける人もいる。「話が終わったら、一緒に酒でも飲みに行こうか」と誘われ、友だちになった浅野さんのような「お役人」も出てきた。

元役人に「小山内さん、役所で議論して、もう会いたくないという人はいたかい？」と聞かれた。頭を駆け巡らせたが、誰もいないのである。心でぶつかる議論をしてきたからこそ、心地良い気持ちしか残っていないのだと思う。

例えば、札幌市役所の一階に障がい者用トイレを設置してくださいと言ってから、実現するまでに二〇年以上かかった。普通なら諦めるだろう。でも私は諦めないぞと心に誓った。全国の市や町を歩くと、ここにはバリアフリーチェックをする障がい者がいる、ここにはいないとわかる。障がい者自身が行政に働きかけて街づくりをしてきたのである。その恩恵は中途障がい者や高齢者も受けられる。

こうした街づくりの点検は大きな仕事だが、バイト代は出ない。障がい者が暮らしているから街づくりが豊かになれることを誰もわかってくれない。あるヘルパーさんのご主人が人工肛門をつけたという。「小山内さんたちが頑張って障がい者用トイレをつくってくれたおかげで、人工肛門を洗うところもできたのね。ありがたいことです」と感謝された。とてもうれしかった。一般の人々もそこに気づけば、障がい者をもっと大切にするだろう。

地下鉄の駅にエレベーターをつけるときも、札幌いちご会は相当激しい運動をした。一九八二年五月、札幌市営地下鉄の白石駅と琴似駅に初めてエレベーターが設置された。いまは各駅につけられ、妊婦さんやお年寄り、若者も、すべての人が何げなく乗っている。あの風景を見ると心が躍る。「このエレベーターは私たちが命がけでつくってきたものなのですよ」と声を張り上げて言いたくなる。

私は若き日を思い浮かべた。ケア付き住宅をつくりたい。社会福祉法人をつくり、自由に働き、楽に暮らせるアパートをつくりたい。そのために一億円を貯める。そう宣言した。周囲の人は「そんなことできるわけない。無理だよ。普通のアパートで暮らすくらいでいいんじゃないの？」とみな反対した。でも、そうじゃない。社会で物事を動かすということは、強い反対意見が出てから始まる。嫌われ者にならないと社会は変わらないのである。

「応益負担」という逆風

一九九〇年に社会福祉関連の八つの法律が改正され、ヘルパーさんを派遣するホームヘルプサービス、ショートステイ、デイサービスの在宅福祉が制度として明確にされた。市町村は障害者計画をつくり、そのための人の確保や施設整備に動いた。一九九三年には心身障害者対策基本法が議員立法で改正され障害者基本法となり、障害者の自立と社会、経済、文化その他あらゆる分野の活動への参加を促進することを目的にうたった。

二〇〇〇年には社会福祉事業法が社会福祉法に改正された。それまでの措置制度と呼ばれる行政が委託先と認めた事業所・施設のサービスを一方的に利用させられる形から、利用契約制度と呼ばれる障がい者が自ら事業者・施設を選び、契約できる形になった（支援費制度ともいう。二〇〇三年施行）。これで初めて障害者は、行政処分される存在から自己決定権を持つ存在になったのである。また自治体は、障害者を支援するための地域福祉権利擁護事業を行うことも決まった。

こうして地域で生活する障がい者は少しずつ増えていった。でもいまは、国の財政が厳しいことを理由に、風は逆方向に吹いている。

　二〇〇五年に制定された障害者自立支援法は「応益負担」の考え方を取り入れ、ケアなど受けるサービスの最大一割が自己負担となった。例えば作業所で働く障がい者は、施設の利用料を払わねばならなくなり、わずかな報酬から払うと逆に持ち出しになった。障がい者いじめの法律だと、私をはじめ全国の障がい者は命がけの抗議運動をした。

　結局、二〇一二年に法改正されて障害者総合支援法という名称になって負担が軽減されることになった。しかし、六五歳になると、私たちがケアを受けている障害者福祉サービスから介護保険サービスに移ることは変わらない。障がい者は歳をとるにつれて障害が重くなり、国が支出するお金も増える。だからそれを節約したいのだろう。

　札幌市は介護保険に移行し、サービスの時間数が減った場合には、福祉サービスで減った分を補う措置をとっているという。でも、障がいの程度によって違い、障がいの軽い人は時間数が減らされている。また財政力の弱い市町村では、障がい者はもっとひどい不利益を被っているという。一方、厚生労働省の調査によると、大半の障がい者が無料でケアを受けていたのが、介護保険への移行で一割負担となり、平均月約一万円の持ち出しになっている。これでは新しい法律で新たに差別をつくり出したようなものだ。結局、障がい者も高齢者も、自己負担が大変になり、サービスを受けられなくなったり、自ら我慢したりするのではないかと恐怖心を抱いている。

そこで国は障害者総合支援法を改正し、介護保険への移行で増えた負担金の一部を福祉サービスの給付金として法律が施行される二〇一八年度から支給するという。でもその詳しい内容はわからず、私たち障がい者の不安は大きい。

それに、そもそも障がい者は普通の人と同じような生活をするためにケアなどのサービスを受けているのだ。障がい者が最低限の生活をするための福祉サービスが、なぜ「益」とされ、普通の高齢者の介護保険制度に組み込まれてしまうのか。本書への写真掲載を快諾してくださったフォトジャーナリストの中田輝義さんは、重症筋無力症の障がい者だ。彼は介護保険に強制的に移行させられたとして二〇一六年九月、広島県熊野町を相手に保険料の取り消しを求めて広島地方裁判所に提訴、憲法違反（第二五条）だと訴えている。札幌いちご会では、この六五歳問題にどう対応したらよいのか、高齢の障がい者に体験を語ってもらったりして勉強会を続けている。

人の命を助ける仕事は安っぽい仕事なのか

六三歳になった私がそれでも不安に思うのは、札幌市が不利益にしないと言ってくれても、介護保険に移行すると、ケアの時間数が減ってしまわないかということである。いまでも昼間のケアは札幌いちご会の介助者がいるので、なんとか暮らしているが、祝祭日が多くなると、自宅のヘルパーさんの時間が足りなくなる。札幌いちご会をやめるとケア時間が足りなくなり、退職できない。四〇年間身体をすり減らし訴えてきた結果がこれなら、あまりにも残酷だ。

介護保険も時間が削られているという。高齢者たちはヘルパーさんと一緒に買い物に行き、料理をしてもらうことが楽しみだった。しかし、それもできなくなってきている。若き日、ヘルパーさんの派遣制度の創設を訴え、実現した後は、二四時間ケアを受けて、安らかに死んでいくのが夢だった。でもいまは逆風が吹く。障がい者たちはヘルパー不足もあって、近くのデイサービスやショートステイで時間を過ごしている。

私がアンビシャスの総合施設長だったとき、デイサービスに来ていた中途障がい者の男性がこんなことを言った。「小山内さん、僕たちは好きでデイサービスに通っているわけではないんだよ。本当は普通の生活がしたいんだ。でも家にいたら妻に介護させてしまい、疲れるもんね。早くショートステイもできるようにしてよ」。好きで来ているわけではないという彼の言葉が心に刺さった。同じ障がいを持っている者だからこそ私の心に響く。

温かな手の職員はいま、見つけるのがとても難しい。どこの施設に行っても障がい者たちは「良い人はすぐ辞めてしまう」と嘆いている。これでは私が子どものときに入っていた施設と同じではないか。なぜこんなにも福祉が貧しくなったのか。予算が少ないからだろうか。人間の命を助ける仕事がそんなに安っぽい仕事なのかと、問いかけたい。

障害者差別解消法を禁止法に

二〇一六年、障害者差別解消法が施行された。障がい者に対する不当な差別的取り扱いの禁止と合理的配慮の提供を、行政機関や民間事業者に義務づけた法律である。二〇〇七年に障害者権利条約に日本が署名した後、条約の批准に向けて政府が条約の求める水準を満たすため、障害者基本法の改正とともに二〇一三年に制定された。合理的配慮とは、例えば車いすの人が乗り物に乗るときに手助けするといった社会的障壁を取り除くための配慮のことだが、民間事業者は努力義務にとどまるなど、問題点もあると言われている。

私は、この「差別解消」という言葉で何が変わるのかと、冷めた目で見ている。役所や学校や企業は差別がないようにしなさいと言われるだけでは、障がい者が健常者と溶け合って生きていくことはできない。私は「差別解消」や「合理的配慮」という言葉は、ただのお飾りではないかと思っている。

一五年ほど前、自宅マンションの近くにショッピングセンターができた。行ってみると、洋服屋さんやアクセサリーショップなどテナントがたくさんあったが、床にたくさんの商品が置かれ、車いすで入って行けなかった。私は中に入り「これでは車いすの人が来て物が買えません。最低でも車いすが入れるようにしてください」と一軒一軒言って回った。すると、一週間ほどですべての店が車いすでも楽に通れるようになっていた。障がい者たちは「あのショッピングセンターは良くなったね」と喜んだ。社会はこのように一歩一歩声をあげて障がいを取り除いていかないと変わらない。

居酒屋に行くとトイレは狭く、段差がある。焼きイカをつまみにビールを飲みたいが、トイレに入れないので諦める。差別解消法ではなく禁止法にして、このような店は障がい者用トイレをつくらないと営業できないという厳しい条件を課してほしい。そうでないと、いつまでたっても障がい者たちは安心してビールを飲めない。

障がい者教育と人間性

以前、札幌市にはヘルパー事業所の車は駐車禁止の場所に停めても免除になるという制度があった。しかし、その許可証を私的なことに使うヘルパーさんが多くなり、制度自体がなくなってしまった。良い制度でも一部の人が悪用してしまうと、誰も使えなくなってしまうことがある。一般の人も車に車いすのマークを貼ると、どこでも駐車できると勘違いしている人が多い。障がい者が生きていくことは大変なことだということを、どうやって知ってもらうかが課題である。

そのためにも私は、障がい者の生活がわかる本を、小学生でも読める絵本や教科書にし、一般の学校で障がい者と一緒に学んでほしいと願っている。あるボランティアの学生は、小学生のときクラスメートに知的障がい児がいて、よく鼻をかませてあげていたという。その思い出が心に残り、彼女は札幌いちご会でしばらくボランティアをした後、特別支援学校で働くようになった。障がい者と触れ合ってみて、どんな仕事に就くかを決めた彼女を尊敬している。

どうしたら彼女のように、障がい者を同じ人間だと思い、障がい者にほほえんでもらうことが仕事だと気づくことができるだろうか。そんな人たちが出てくるように、私はこれまでと同様、これからも語ろう。「障がい者は地域でみんなと一緒に生きていくんだ」と。

「屋根のない福祉」をつくりたい

札幌は多くの施設ができ、たくさんＮＰＯ法人もできた。でも、どこが一番かと競争し合っているような気がする。障がい者たちを「利用者様」と奉り、なるべく施設に来ていただき、売り上げを増やそうとしている。本当にそれでいいのだろうか。私たちは売り物ではない。私たちは自由な世界を歩きたいのである。毎日同じことをやっているところに通いたいわけではない。いろいろなところに行き、いろいろな人に出会い、刺激をもらい、自分を成長させていきたいのだ。

私はもう六三歳。「小山内さん、これから何がやりたいですか?」と聞かれても、あまり心に浮かばない。嫌な経験も良い経験もあふれるほど味わい、海外にもたくさん行き、仕事に飽きたら男性を口説き、楽しんできた。いまの障がい者たちは、施設関係者やヘルパーさんたちとしか接する機会がない。ユニークなボランティアの人たちが来なくなり、障がいのない人と対等に恋愛が出来なくなっている気がする。福祉に壁をつくりすぎたのかもしれない。私たちの小さなNPO法人は、意見の違う人たちがお互いに意見をぶつけあい、助けあっていけるようにしたい。違う人と接することにより、自分の欠点や長所がたくさん見えて、それが人を成長させる。

そんな札幌いちご会のこれまでの運動が評価され、札幌いちご会は二〇一六年一一月、新しい時代にふさわしい福祉活動に取り組んでいる団体などを顕彰する「第一四回読売福祉文化賞」(読売新聞社、読売光と愛の事業団主催)を受賞した。

私の夢は、新たにビルを建て、札幌いちご会の新事務所をそこに開くことだ。一階の事務所の横に小さなカフェを開き、宝くじを売る。二階三階はガラス張りにして、栄養水だけで育てられる果物や野菜をつくる。車いすに乗った人たちも、障がいのない人も一緒になって、その野菜を販売する。ときには玄関でバーベキューパーティを開き、「お皿一杯五〇〇円ですよー」と呼びかけ、たくさんの人に集まってもらう。その中からこれぞと見込んだ人をヘルパーにスカウトしたい。ビルの名前は「屋根のない福祉」と名づけ、テナントを入れ、テナント料の一部と年金で私は暮らす。それが夢である。

若い人たちには、私がこの世を去っても札幌いちご会を続けてほしいと考えている。度胸と愛嬌のある人に受け継いでほしい。そんな夢を語る「ばぁさん」は長生きすることだろう。もっと楽しく生き続け、違った発想でこの本の続きを書きたいと願っている。

終章

小山内美智子とその時代

杉本裕明

自立生活を始めた小山内さんに会った

小山内さんから、原稿の構成、編集のお手伝いをしてほしいと連絡があったのは二〇一六年春のことであった。札幌いちご会のリーダーとして障がい者運動を約四〇年にわたって続けてきた小山内さんの本づくりに協力できるならと、二つ返事で引き受けた。

小山内さんとの出会いはいまから三六年前の一九八〇年九月。その春、朝日新聞に入社し、初の赴任地である札幌市の北海道支社に配属された。私はある日、デスクから声をかけられた。「小山内さんという障がい者がスウェーデンの訪問記を我が社から本にして出す。自立生活を目指してアパートで実験生活をしているそうだから取材しろ」。

本書の中でストップウオッチを持って取材する変な記者が出てくるが、それが私だ。何回もアパートを訪れ、小山内さんたちの言葉と生活をひたすらメモした。つたない原稿はデスクが手を入れ、やがて全国版の家庭面に大きな扱いで載った。

間もなく私は転勤したが、小山内さんを招く講演会を手伝ったり、いちご会の賛助会員になったりして交流は続いた。私はその後環境問題に目が向かい、長い間小山内さんのことを記事にする機会がなかった。だが、二〇〇九年にオピニオン面の「私の視点」で「作家」として書いてもらい、二〇一三年には「人生の贈り物」というタイトルでインタビューし、夕刊の全国版で五回の連載記事を書いた。

なぜ、小山内さんなのか。人権を剥奪されたも同然の障がい者が運動によって権利を回復し、健常者とともに地域で生きるその姿を、多くの人に伝えたかったからだとかっこつけるしかない。小山内さんのすごいところは、市役所など行政機関に要望するだけでなく、権利回復のために自立生活に向けた実験生活をしたり、ヘルパーの派遣制度などの先駆的な事業を行ったりしたところにある。さらに社会福祉法人アンビシャスまでつくってしまった。そして地位にしがみつかず、退任すると札幌いちご会の理事長として、一から運動を始めたというのだから。

ここでは小山内さんの手記の理解を助けるために、障がい者の福祉の流れを、『障害者はどう生きてきたか　戦前・戦後障害者運動史』〔杉本章著、現代書館、二〇〇八年〕、『障害者福祉の世界（第五版）』〔佐藤久夫・小澤温著、有斐閣、二〇一六年〕を手に振り返りたい。

障がい者の人権は無視されていた

小山内さんが生まれた一九五三年は、まだ敗戦の影響が色濃く残っていた。身体障害者福祉法が一九四九年に制定されるが、これは医療、訓練で「職業更生」が可能な傷痍軍人など中軽度の障がい者が対象で、脳性まひのような全身性障がいは対象外だった。

一九五一年の改定で「職業更生」が「生活更生」になっても状況に変化はなかった。

小山内さんは、寮のある北海道立整肢学院で九歳から一三歳まで過ごした。障がい者の人権を侵害する悲惨な体験は、私たちの想像を絶するものだ。衰弱する小山内さんを心配したお母さんが、札幌市の真駒内養護学校に転校させ、自宅からスクールバスで通うようになった。一三歳なのに四年生の特殊学級に入り、五年生には特殊学級がないという理由で、六年生の特殊学級に「飛び級」までさせられている。中等部、高等部へと進んだが、四年通った中等部は不登校になって半分ぐらいしか通っていない。

高等部を卒業する一九七四年まで約八年間在籍したが、小山内さんは、「小学校程度の勉強しかしていない」と言う。それでも、普通なら絶望して人生を投げ出してしまうのを救ったのが、千葉良正先生ら少数の教師の存在だった。

高度経済成長の中で、身体障害者福祉法は一九六七年に改定され、法の目的を「身体障害者の生活の安定に寄与する」とし、障がいの対象を広げると、国は施設の整備に力を入れ始めた。この頃、文部省(現・文部科学省)は、重度の子どもは養護学校、比較的軽い子どもは特殊学級の方針を打ち出し、養護学校と特殊学級が増設された。また厚生省(現・厚生労働省)の方針で、全国各地に大規模コロニーや障がい者施設が建設されていった。

当時、障がい者に対して脳の外科手術や妊娠させないための手術が頻繁に行われていた。

自らも危うく病院に連れて行かれそうになったことを、小山内さんは回想している。優生保護法（一九四八年制定）の名の下に、高度成長の裏で障がい者への人権蹂躙が当然のごとく行われ、それは同法から避妊手術の根拠となる条文が削除され、母体保護法と名を変えた一九九〇年代まで続いたのである。

自立生活に向けて歩み出した

一方で海外では、一九五〇年代末にデンマークで施設の小規模化と障がい者の人権擁護などを定めた一九五九年法が制定された。バンク・ミケルセンの打ち出したノーマライゼーションの思想は一九六〇年代に北欧諸国に、さらに英国、北米へ広がった。米国では障がい者の運動が活発化し、障がい者差別を禁止する法整備が進んだ。北欧、北米では大規模施設、コロニーを解体する動きが急速に進んだ。

小山内さん、澤口京子さんら若い障がい者がつくった札幌いちご会は、最初は北海道が造ろうとしていたコロニー、福祉村に自分たちの要求を反映させようとしていた。しかし、やがて東京の障がい者団体が大規模施設に反対し、地域での自立生活を目指していることから目を開かされる。その札幌いちご会の運動の道しるべになったのが西村秀夫氏である。東京大学の教員から障がい者施設の職員に転じ、小山内さんの運動を支え続けた西村氏との出会いがなければ、今日の小山内さんと札幌いちご会の存在はなかっただろう。

その運動の圧巻は、一九七八年~八〇年にかけての三度にわたるアパートでの実験生活だ。「自立生活」といっても障がい者が何もかもできるわけではない。ボランティアを募って、支援を受けながら、地域で様々な人々と交わりながら暮らす。つまり一般の人と同じような生活を目指すという当たり前の欲求である。私も含め、アパートを訪ねて彼らの姿を見て感動しない人はいなかったに違いない。頭が堅かった北海道庁の職員らの考え方も変わった。

当時は福祉先進国のスウェーデンを紹介する新聞記事はあったが、記者や学者の報告にとどまっていた。小山内さんは一九七九年に自らスウェーデンを訪ね、日本との落差をその目で確認したのである。そこで見たケア付き住宅の実現が札幌いちご会の旗印となる。こうした自立生活の運動は、当時各地にいくつか生まれつつあった。

ケア付き住宅から在宅支援の充実へ

スウェーデンでの体験を書いた『足指でつづったスウェーデン日記』が出版された一九八一年は、くしくも国際障害者年にあたる。国連は前年に国際障害者年行動計画を採択し、「完全参加と平等」が掲げられた。日本も計画に盛り込まれた障がい者施策のモデルに沿って政策の練り直しが求められていた。

一九八六年、札幌いちご会などの要望を受けた北海道が、モデル事業としてケア付き住宅を完成させている。だが、実現の原動力になった札幌いちご会からは抽選で一人しか入居できず、運動は大きな壁にぶつかった。そこで、ボランティアに頼っていた在宅障がい者へのヘルパー派遣など在宅支援の充実と、社会福祉法人の設立に方針を転換した。新たな目標を持って一九八六年から社会福祉法人アンビシャスが開設した二〇〇〇年までの一四年間、多くの心ある人々が札幌いちご会の理念と熱意に共鳴し、それに応えた。小山内さんが広告塔となって数多くの講演をこなしていったのもこの時期である。

こうした在宅支援を求める運動は、他の障がい者団体の声と一緒になって一九九〇年の身体障害者福祉法の改正による「在宅福祉サービス」の明確化につながる。一九九三年には心身障害者対策基本法が議員立法で障害者基本法に改正され、目的に「障害者の自立と社会、経済、文化その他あらゆる分野の活動への参加を促進すること」がうたわれた。実態を伴わない理念の世界ではあったが、それでも障がい者が社会の一員として健常者と対等の立場になったのである。

しかし、この時期から財源問題が顕在化し、二〇〇五年に制定された障害者自立支援法に「応益負担」の考え方が導入され、サービス利用に一割の利用者負担が課されることになった。障がい者たちが憲法違反（第二五条生存権など）だと訴訟を起こし、負けそうになった国は原告と和解した。これを受けて、二〇一二年には大幅改正した障害者総合支援法が制定され、さらに二〇一三年には障害者差別解消法も制定された。

時代が小山内さんを追いかける

このように国の福祉政策はめまぐるしく変わり、その制度は小山内さん自身が「あまりに複雑すぎて私にもよくわからない」と言うほどである。ごくおおざっぱに支援の仕組みを説明すると、昔は身体障がい者、知的障がい者、精神障がい者ごとの法律に従ってばらばらに支援の仕組みが決められていた。そこで障害者総合支援法ではこの三つが統合されている。その最も核になる「障害福祉サービス」は訪問系サービス（居宅にヘルパーを派遣）、日中活動系サービス（デイサービス、作業所など）、居住系サービス（施設、グループホームなど）の三つに分かれ、障がいの程度によってケアや利用の時間数（支給量という）が決められている。小山内さんは主に訪問系サービスを受けている。

障がいの重い小山内さんはケアの時間数が最も多い部類に入るが、休日は自宅で過ごすため、ヘルパーさんがとぎれて困るという。小山内さんが介護保険への移行問題を心配しているように、これからは障がい者の高齢化が大きな課題である。ケアの時間だけではない。小山内さんは硬直した首を酷使し続け、三回手術した。二回目のときに首に金属を埋め、三回目に金属を取り、代わりに腰の骨の一部を埋め込んだ。息子さんから「心配だから、自宅でゆっくりしてほしい」と言われても、地域に出かけて語りかけ、ブログを更新し、札幌いちご会の会報や講演会で、障がい者のことを知ってほしいと訴えている。

小山内さんの撒いた自立生活の種は芽ばえ、やがて様々なグループが育った。一緒に研究生活をした土井さんは障がい者グループのリーダーとなり、池田さんも健在である。

かつてコピーライターの糸井重里さんが札幌いちご会のためにつくったテレホンカードには「どうぞ　まっすぐ　みてください」とある。曇りのない目で、まっすぐ見ることが、障がい者の無差別殺人事件が起きたいまほど大切なときはないと思う。

本書は六三歳になった小山内さんの日常生活をノウハウも交えて伝えるとともに、傑出したひとりの障がい者の軌跡が刻まれている。苦難の道だが、しかし、多くの仲間や支援者の協力を得て、一つひとつ壁を乗り越えてきた小山内美智子という先駆者を、「時代」が追いかけてきたように思う。

小山内美智子 年譜

年	年齢	年譜
一九五三年	○	北海道上川郡和寒町に生まれる
一九七一年	一八	道立真駒内養護学校中等部卒業
一九七四年	二一	道立真駒内養護学校高等部卒業 北海道の福祉村建設懇話会の委員に任命される
一九七七年	二四	小山内、長嶺(後、澤口に改姓)京子らと一月一五日に札幌いちご会を結成、会長に。長嶺は副会長
一九七八年	二五	民間アパートで四人が四日間合宿、一軒家で数人が一か月の実験生活
一九七九年	二六	障がい者の米村哲朗、北大生でボランティアの河村圭伊子とスウェーデン旅行
一九八〇年	二七	土井正三、池田源一とアパート「みちハウス」で自立のための「研究生活」を始める
一九八一年	二八	『心の足を大地につけて 完全なる社会参加への道』を出版〔札幌いちご会〕 『足指でつづったスウェーデン日記』を出版〔朝日新聞社〕 スウェーデン・RBUの障がい者、オーサら六人を北海道に招待
一九八二年	二九	札幌いちご会、道営身体障害者住宅にハーフメイド方式の採用を要望し実現
一九八三年	三〇	日米障害者自立セミナー(東京)で講演
一九八四年	三一	結婚 北海道の障害者の生活自立に関する調査研究専門委員会の委員に任命される
一九八五年	三二	長男出産 札幌いちご会、ケア付き住宅を実現する委員会を発足

一九八六年	三三	北海道庁のケア付き住宅が完成
		札幌いちご会、社会福祉法人を設立するため黒柳徹子チャリティコンサートを開催
一九八八年	三五	『車いすからウインク』を出版〔文藝春秋〕
一九八九年	三六	国際総合リハビリテーション研究大会（札幌）で講演
		札幌いちご会、札幌市白石区に事務所を持ち、地域介助サービス実施
一九九〇年	三七	札幌いちご会、自立生活サービス（移送サービス、相談事業）実施
		札幌いちご会が要望し、北海道初の札幌市全身性障害者介護人派遣事業が開始
一九九一年	三八	マンションを借り、自立生活体験事業を開始（後にアンビシャスに移行）
一九九二年	三九	ノーマライゼーション構想発表、社会福祉法人化の準備本格化
一九九四年	四一	宮城の福祉を考える一〇〇人委員会の委員に任命される
		息子とスウェーデン再訪し、オーサと会う
一九九五年	四二	『車椅子で夜明けのコーヒー　障害者の性』を出版〔文藝春秋〕
		障害者の性についてのビデオ「愛したい、愛されたい」〔札幌いちご会〕発売
一九九六年	四三	宮城県の「夢大使」になる
		『車椅子スウェーデン母子旅』を出版〔北海道新聞社〕
一九九七年	四四	宮城大学客員講師になる
		『あなたは私の手になれますか』を出版〔中央法規〕
		ＮＨＫスペシャル「あなたは私の手になれますか――小山内美智子のメッセージ」放映
一九九八年	四五	国際ソロプチミストボランティア奨励賞　受賞
		社会福祉法人の施設長資格を取得
一九九九年	四六	社会福祉法人アンビシャス設立（翌年オープン）、総合施設長になる。澤口は理事長
二〇〇一年	四八	韓国障害者移動奉仕隊全国協議会で講演

二〇〇二年	四九	北海道大学医療短期大学部の非常勤講師となる 韓国で『あなたは私の手になれますか』翻訳出版 小山内と澤口、韓国の大学で講演 『素肌で語り合いましょう』出版〔エンパワメント研究所〕 NHK教育番組「きらっと生きる」に出演
二〇〇三年	五〇	アンビシャス、ヘルパー派遣事業開始 札幌市「障がい者による政策提言サポーター」就任
二〇〇四年	五一	北海道大学病院で三度目の首の手術を行う
二〇〇七年	五四	『私の手になってくれたあなたへ』を出版〔中央法規〕
二〇〇八年	五五	悪性リンパ腫と判明（四月）、治療のため入院（五月〜一〇月）、治療の結果、完治
二〇〇九年	五六	『わたし、生きるからね 重度障がいとガンを超えて』を出版〔岩波書店〕
二〇一〇年	五七	札幌市で重度障がい者が入院したとき、ヘルパーを使える制度をスタート
二〇一一年	五八	NHKヒューマンドキュメンタリー「あなたが私の心の道しるべ――小山内美智子と浅野史郎」放映 ニューヨーク視察旅行。コロンビア大学でジェイムス・マンディバーグ氏と精神障がい者の就労について対談
二〇一二年	五九	JICAの視察団がアンビシャスを訪問した縁で、カザフスタンの自立生活センターを訪問、講演
二〇一四年	六〇	アンビシャスの総合施設長退任
二〇一五年	六二	澤口、アンビシャスの理事長退任 東京大学「障害者のリアルにせまるゼミ」で「障がい者と性」について講義 札幌いちご会NPO法人になる。理事長に就任
二〇一六年	六三	「ヘルパーステーションいちご」（居宅訪問介護事業）開始 札幌いちご会、第一四回読売福祉文化賞を受賞〔読売新聞社、読売光と愛の事業団〕

著者

小山内美智子
おさない・みちこ

一九五三年、北海道和寒町生まれ。

脳性まひによる障がいがあり、
一九七七年に介助を必要とする人の自立生活を支援する「札幌いちご会」設立、現理事長。

いまのホームヘルパー制度の基盤となる地域ケアサービス等を実施。

一九八五年、長男出産。

二〇〇〇年、身体に障がいを持つ人が親元などを離れて暮らすことを目指し、
自立生活体験ができる施設「社会福祉法人アンビシャス」開設。前総合施設長。

福祉ホーム、デイサービス、相談室、ヘルパー派遣事業を展開。

二〇〇八年悪性リンパ腫と判明するが完治し、宮城大学や北海道大学などで講師を務める。

著書に『あなたは私の手になれますか』『私の手になってくれたあなたへ』〔中央法規〕、

『車椅子で夜明けのコーヒー』〔文藝春秋〕、

『わたし、生きるからね 重度障がいとガンを超えて』〔岩波書店〕などがある。

編集協力

杉本裕明
すぎもと・ひろあき

一九五四年、滋賀県生まれ。

ジャーナリスト。NPO法人未来舎代表理事。

一九八〇～二〇一四年まで朝日新聞記者。

名古屋本社社会部デスク、環境省クラブキャップ、総合研究センター主任研究員、記事審査委員などを経験。

環境問題全般、地方自治、公共事業、情報公開問題などに詳しい。

著書に『ルポ にっぽんのごみ』〔岩波新書〕、『社会を変えた情報公開――ドキュメント・市民オンブズマン』〔花伝社〕、

『環境省の大罪』〔PHP研究所〕、

『赤い土〔フェロシルト〕なぜ企業犯罪は繰り返されたのか』、『環境犯罪 七つの事件簿から』〔以上風媒社〕など。

共著・編著に『ディーゼル車に未来はあるか 排ガス偽装とPM2・5の脅威』〔岩波ブックレット〕、

『ゴミ分別の異常な世界』〔幻冬舎新書〕、『廃棄物列島・日本』〔世界思想社〕、

『ドキュメント官官接待』〔風媒社〕などがある。

写真

小山内美智子●P21、23、35、37、43、56、62、83、100、105、123、135、199、207、220、235
杉本裕明●P247
中田輝義●カバー、本扉、P164、167、171、179、216

●障がい当事者やご家族、福祉関係者などからのご相談を、
いちご会の障がい当事者がお受けして
無料でピアカウンセリングを行っています。
障がいのこと、仕事のこと、生活のこと、家族のこと、恋愛や結婚のこと、
ヘルパーや友達との関係など、どんな相談でも構いません。

●販売のご案内
小山内美智子著
『わたし、生きるからね 重度障がいとガンを超えて』
2009年 岩波書店 定価本体1,800円
『私の手になってくれたあなたへ』2007年 中央法規 定価本体1,400円
『素肌で語り合いましょう』2002年 エンパワメント研究所 定価本体1,500円
『あなたは私の手になれますか』1997年 中央法規 定価本体1,500円
『車椅子スウェーデン母子旅』1996年 北海道新聞社 定価本体1,553円
『車椅子で夜明けのコーヒー』1995年 ネスコ発行/文藝春秋発売 定価本体1,456円
『痛みの中からみつけた幸せ』1994年 ぶどう社 定価本体1,165円
「シェア―共に生きる喜び―札幌いちご会30周年記念誌」定価本体1,000円
足指で描いた絵はがき 1セット(5枚入り)定価本体300円
オリジナルバンダナ「ノーマライゼーションタウン」定価本体300円
そのほか、郵便局の委託を受け個人の方や企業様に切手や印紙、はがきなど
郵便商品の販売をしています。

●2016年、札幌いちご会では、障がいのある方へのヘルパー派遣を行う
「ヘルパーステーションいちご」を開設しました。障がい者自身もケアを教えます。
一緒に働いてくださる方をお待ちしています。札幌で自立生活をしたい方も
ご相談ください。心地良いケアをうまく受けられるよう、一緒に勉強しましょう。
人生一度きりです。楽しい生活を送りましょう。

NPO法人札幌いちご会
北海道札幌市西区西町南18丁目2-1 稲嶺ビル1階
TEL.011-676-0733 FAX.011-676-0734
E-Mail info@sapporo-ichigokai.jp Hp http://sapporo-ichigokai.jp/

●私たちNPO法人札幌いちご会は、
どんなに重い障がいを抱えていても地域の中で暮らせる街づくりのために
活動しています。

●札幌いちご会では会員を募集しています。
正会員(年会費3000円)、賛助会員(年会費3000円または月会費2000円)に
なっていただき私たちの活動に協力してください。
会員の方には年に4回、障がい者の声や福祉制度などの情報が
たくさん載っている機関誌「いちご通信」をお届けいたします。
この本の続きはいちご通信に書いていきます。

●いちご会の活動費のため集めています。
①書き損じはがき
書き間違えてしまった年賀はがき、普通はがき、かもめーる、未使用切手、
郵便書簡、収入印紙など、投函していないものでしたら、
どんなものでも大丈夫です。
②各種商品券、未換金の宝くじ、テレホンカード、など
③買っても使わなかったものや、お店であまったもの、手作り品など新品のもの
地域交流バザーを行い、障がいのある方の社会体験の場として販売します。
お礼状を差し上げたいので、
おそれいりますがお名前とご住所を明記してお送りください。

●札幌いちご会では世界中、日本中より幅広いジャンルの方々をお招きして
講演会の開催をしております。また、学校や職場、サークルや団体などへ
講師の派遣も行っていますのでご依頼ください。

(例「ケアを受けるプロからのメッセージ」

「障がいをもつ母の子育て」

「ピアサポーターって何?」

「障がい者と性」

「札幌市から発信する新しいヘルパー制度とは」

「21世紀のリハビリ」など)

おしゃべりな足指

障がい母さんのラブレター

2017年2月10日発行

著者●小山内美智子

編集協力●杉本裕明

発行者●荘村明彦

発行所●中央法規出版株式会社

〒110-0016 東京都台東区台東3-29-1 中央法規ビル

[営業] TEL03-3834-5817 FAX03-3837-8037

[書店窓口] TEL03-3834-5815 FAX03-3837-8035

[編集] TEL03-3834-5812 FAX03-3837-8032

http://www.chuohoki.co.jp/

装幀●日下充典

本文デザイン●KUSAKAHOUSE

印刷・製本●大日本印刷株式会社

ISBN 978-4-8058-5470-9